小説 秒速5センチメートル

新海 誠

角川文庫
19610

目次

第一話「桜花抄」

1

「ねえ、まるで雪みたいだね」と、明里《あかり》は言った。

それはもう十七年も前のことで、僕たちは小学校の六年生になったばかりだった。学校からの帰り道で、ランドセルを背負った僕たちは小さな雑木林の脇を歩いていた。季節は春で、雑木林には満開の桜が数えきれないくらい並んでいて、大気には無数の桜の花びらが音もなく舞っていて、足元のアスファルトは花びらに覆われていちめんまっ白に染まっていた。空気はあたたかで、空はまるで青の絵の具をたっぷりの水に溶かしたように淡く澄んでいた。すぐ近くに大きな幹線道路と小田急線《おだきゅう》のレールが走っていたはずだけれど、その喧騒《けんそう》も僕たちのいる場所まではほとんど届かず、あたりは春を祝福するような鳥のさえずりで満ちていた。まわりには僕たちの他に誰もいなかった。

それはまるで絵に描いたような春の一場面だった。

そう、すくなくとも僕の記憶の中では、あの頃の思い出は絵のようなものとしてある。あるいは映像のようなものとして。古い記憶をたぐろうとする時、僕はあの頃の僕たちをフレームの外、すこし遠くから眺めている。まだ十一歳になったばかりの少年と、同じくらいの背丈のやはり十一歳の少女。光に満ちた世界に、ふたりの後ろ姿があたりまえに含まれている。その絵の中で、ふたりはいつでも後ろ姿だ。そしていつでも少女の方が先に駆け出す。その瞬間に少年の心をよぎった微《かす》かな寂しさを僕は思い出し、それは大人になったはずの僕を今でもほんのすこしだけ哀しくさせる。

とにかく。明里はその時、いちめんに舞う桜の花びらを雪のようだと言ったのだと思う。でも僕にはそうは見えなかった。その時の僕にとっては桜は桜、雪は雪だった。

「ねえ、まるで雪みたいだね」

「え、そう？　そうかなあ……」

「ふーん。まあいいや」と明里はそっけなく言ってから、僕より二歩ほど先でくるりと振り向いた。栗色の髪の毛が空を映してきらきらと光り、そしてふたたび謎めいた言葉を口にした。

「ねえ、秒速五センチなんだって」

「え、何が？」

「なんだと思う？」

「わかんない」

「すこしは自分で考えなさいよ貴樹《たかき》くん」

そんなことを言われても分からないので、僕は分からないと素直に言う。

「桜の花びらの落ちるスピードだよ。秒速五センチメートル」

びょうそくごせんちめーとる。不思議な響きだ。僕は素直に感心する。「ふーん。明里、そういうことよく知ってるよね」

ふふ、と明里は嬉《うれ》しそうに笑う。

「もっとあるよ。雨は秒速五メートル。雲は秒速一センチ」

「くも？　くもって空の雲？」

「空の雲」

「雲も落ちてるの？　浮いてるんじゃなくて？」

「雲も落ちてるの。浮いてるんじゃなくて。小さな雨粒の集まりだから。雲はすごく大きくて遠いから浮いているように見えるだけ。雲の粒はゆっくり落ちながらだんだん大きくなって、雨や雪になって、地上に降るの」

「……ふうん」と、僕は本当に感心して空を眺め、それからまた桜を眺めた。明里のころころとした少女らしい声で楽しげにそういうことを話されると、そんなことがまるで何か大切な宇宙の真理のように思える。秒速五センチメートル。

「……ふうん」と、明里が僕の言葉をからかうように繰り返し、唐突に駆け出した。

「あ、待ってよ明里！」僕はあわてて彼女の背を追う。

＊　　＊　　＊

あの頃、本やテレビから得た僕たちにとって大切だと思う知識——たとえば花びらの落ちる速度とか宇宙の年齢とか銀が溶ける温度とか——を、帰り道で交換しあうことが、僕と明里の習慣だった。僕たちはまるで冬眠に備えたリスが必死でどんぐりを集めるように、あるいは航海をひかえた旅人が星座の読みかたを覚えようとするように、世界に散らばっている様々なきらめく断片をためこんでいた。そういう知識がこれからの自分たちの人生には必要だと、なぜか真剣に考えていた。

そう。だから僕と明里はあの頃、いろいろなことを知っていた。季節ごとの星座の位置も知っていたし、木星がどの方向にどの明るさで見えるかも覚えていた。空が青く見える理由も、地球に季節がある理由も、ネアンデルタールが姿を消した時期も、カンブリア紀の失われた種の名前も知っていた。僕たちは自分より遥《はる》かに大きくて遠くにあるものすべてに強く憧《あこが》れていた。今では、そういうことのほとんどを忘れてしまったけれど。今となってはただ、かつては知っていたという事実を覚えているだけだけれど。

2

明里と出会ってから別れるまで――小学校の四年から六年までの三年間において、僕と明里は似たもの同士だったと思う。ふたりとも父親の仕事に転勤が多く、転校して東京の小学校に来ていた。三年生の時に僕が長野から東京に転校してきて、四年生の時に明里が静岡から同じクラスに転校してきたのだ。明里の転校初日、黒板の前で身を硬くしている彼女の緊張した表情を今でも覚えている。淡いピンク色のワンピースを着て両手をきつく前に組んだ髪の長い少女を、教室の窓から差し込む春の低い日差しが肩から下を光の中に、肩から上を影の中に塗り分けていた。頬を緊張で赤く染め唇をきつく結び、大きく見開いた瞳《ひとみ》でじっと目の前の空間の一点を見つめている。きっと一年前の僕も同じ表情をしていたのだと思い、すぐに少女にすがるような親近感を覚えた。だから、最初に話しかけたのは僕の方からだったように思う。そして僕たちはすぐに仲良くなった。

世田谷《せたがや》で育った同級生たちがずいぶんと大人びて見えること、駅前の人混みに息が苦しくなること、水道の水がちょっと驚くくらい不味《まず》いこと、そういった自分にとって切実な問題を共有できるような相手は明里だけだった。僕たちはふたりともまだ背が小さく病気がちで、グラウンドよりは図書館が好きで、体育の時間は苦痛だった。僕も明里も大人数ではしゃいで遊ぶよりは誰かひとりとゆっくり話をしたり、ひとりだけで本を読むことの方が好きだった。僕は当時、父親の勤める銀行の社宅アパートに住んでいて、明里の家もやはりどこかの会社の社宅で、帰り道は途中まで同じだった。だから僕たちはごく自然にお互いを必要とし、休み時間や放課後の多くをふたりで過ごした。

そして当然の成り行きとして、クラスメイトからはよくからかわれることにもなった。今振り返れば当時のクラスメイトたちの言葉も行動もたわいもないものだったけれど、あの頃はまだ、僕はそういう出来事を上手《うま》くやりすごすことができなかったし、一つひとつの出来事にいちいち深く傷ついていた。そして僕と明里は、ますますお互いを必要とするようになっていった。

　ある時、こんなことがあった。昼休み、トイレに行っていた僕が教室に戻ってくると、明里が黒板の前にひとりで立ちつくしていた。黒板には（今思えば実にありふれた嫌がらせとして）相合い傘に僕と明里の名前が書かれていて、クラスメイトたちは遠巻きにひそひそと囁《ささや》きあい、立ちつくす明里を眺めている。明里はその嫌がらせをやめて欲しくて、あるいは落書きを消してしまいたくて黒板の前まで出たのだが、きっと恥ずかしさのあまり途中で動けなくなってしまったのだ。その姿を見た僕はかっとなって、無言で教室に入り黒板消しをつかんでがむしゃらに落書きにこすりつけ、自分でもわけの分からないまま明里の手を引いて教室を走り出た。背後にクラスメイトの沸き立つような嬌声《きようせい》が聞こえたけれど、無視して僕たちは走り続けた。自分でも信じられないくらい大胆な行動をしてしまったことと、握った明里の手の柔らかさに目眩《めまい》がするような高鳴りを覚えながら、僕は初めてこの世界は怖くない、と感じていた。この先の人生でどんなに嫌なことがあろうとも――この先もたくさんあるに決まっている、転校や受験、慣れない土地や慣れない人々――、明里さえいてくれれば僕はそれに耐えることができる。恋愛と呼ぶにはまだ幼すぎる感情だったにせよ、僕はその時にははっきりと明里が好きだったし、明里も同じように思っていることをはっきりと感じていた。きつくつないだ手から、走る足取りから、僕はそれをますます確信することができた。お互いがいれば僕たちはこの先、何も怖くはないと、強く思った。

そしてその思いは、明里と過ごした三年間、褪《あ》せることなくより強固なものとなり続けていった。僕たちは家からはすこし離れた私立の中学校を一緒に受験することを決め、熱心に勉強するようになり、ふたりで過ごす時間はますます増えていった。おそらくは僕たちは精神的にはすこし早熟な子どもで、自分たちがふたりだけの世界に内向していっていることを自覚しつつ、それは来るべき新しい中学生活のための準備期間にすぎないと思い定めてもいた。クラスに馴染《なじ》むことのできなかった小学校時代を卒業し、新しい中学生活を他の生徒と同時にスタートし、そこで自分たちの世界を大きく広げていくのだ。それに中学生になれば僕たちの間にあるこの淡い感情も、もっと明確な輪郭をとっていくだろうという期待があった。僕たちはいつかお互いを「好きだ」と口に出して言うことができるようになるだろう。周囲との距離も明里との距離も、きっともっと適切なものになっていく。僕たちはこれからもっと力をつけ、もっと自由になるのだ、と。

今にして思えば、あの頃の僕たちが必死に知識を交換しあっていたのは、お互いに喪失の予感があったからなのかもしれないとも思う。はっきりと惹《ひ》かれあいながら、ずっと一緒にいたいと願いながら、でもそれが叶《かな》わないことだってあるということを、僕たちは——もしかしたら転校の経験を通じることによって——感じ、恐れていたのかもしれない。いつか大切な相手がいなくなってしまった時のために、相手の断片を必死で交換しあっていたのかもしれない。

結局、明里と僕とは別々の中学に進むことになった。小学六年生の冬の夜、僕は明里からの電話でそれを知らされた。

明里と電話で話すことはあまりないことだったし、夜遅い時間（といっても九時頃だったろうか）に電話があることはもっと珍しかった。だから「明里ちゃんよ」と母親から電話の子機を渡された時に、すこし嫌な予感がした。

「貴樹くん、ごめんね」と電話口から小さな声で明里が言った。それに続く言葉は信じられないような、僕が最も聞きたくなかったものだった。

一緒の中学には行けなくなっちゃったの、と明里は言った。父親の仕事の都合で、春休みの間に北関東《きたかんとう》の小さな町に引っ越すことが決まってしまったのだと。今にも泣き出しそうな震える声。僕にはわけが分からなかった。体がふいに熱くなり、頭の中心がさっと冷たくなる。明里が何を言っているのか、なぜこんなことを僕に言わなければならないのか、よく理解できなかった。

「え……だって、西中《にしちゅう》はどうすんだ？　せっかく受かったのに」と、やっとのことで僕は口に出した。

「栃木の公立に手続きするって……ごめんね」

受話器からは車の行き交うくぐもった音がして、それは明里が公衆電話にいることを示していた。僕は自分の部屋にいたけれど、電話ボックスの中の冷気が指先から伝わってくるようで、畳にうずくまり膝《ひざ》を抱えた。どう答えていいか分からず、それでもとにかく言葉を探した。

「いや……明里が謝ることないけど……でも……」

「葛飾《かつしか》の叔母《おば》さんちから通いたいって言ったんだけど、もっと大きくなってからじゃないと駄目だって……」

明里の押し殺した嗚咽《おえつ》が聞こえ、もう聞いていたくない、と瞬間的に強く思った。気がついた時には僕は強い口調を明里に投げつけていた。

「……わかったから！」と明里の言葉を遮った瞬間、かすかに彼女の息を呑《の》む音が聞こえた。それでも言葉を止めることができなかった。

「もういいよ」と強く言い、「もういい……」ともう一度繰り返した時には、僕は涙をこらえるのに必死だった。どうして……どうしていつもこんなことになっちゃうんだ。

十数秒も間が空いて、嗚咽の間に「ごめんね……」という絞り出すような明里の声が聞こえた。僕はうずくまったまま受話器を強く耳に押し当てていた。受話器を耳から離すことも、通話を切ってしまうこともできなかった。受話器越しに、僕の言葉で明里が傷ついているのが手に取るように分かる。でも、どうしようもなかった。僕はそういう時の気持ちの制御の仕方をまだ学んでいなかった。明里との最後の気まずい電話を終えた後も、僕は膝を抱えてうずくまり続けていた。

それからの数日間を、僕はひどく暗い気持ちで過ごした。僕よりもずっと大きな不安を抱えているはずの明里に対して、優しい言葉をかけることのできなかった自分がひどく恥ずかしかった。そういう気持ちを抱えたまま僕たちは卒業式を迎え、ぎこちない関係のまま明里と別れた。卒業式の後、明里が優しい声で「貴樹くん、これでさよならだね」と声をかけてくれた時も、僕はうつむいたまま何も返すことができなかった。でも仕方がないじゃないか、と僕は思った。今まで明里の存在だけを頼りに僕はやってきたのに。僕は確かにこれから大人になろうとしていたけれど、それは明里がいてくれるからこそできるはずのことだったし、僕は今はまだまだ子どもなのだ。なんだかよく分からない力にこんなふうに何もかも奪われて、平気でいられるはずがないんだと僕は思った。まだ十二歳の明里に選択の余地はなかったにしても、僕たちはこんなふうに離ればなれになるべきではないのだ。ぜったいに。

＊　＊　＊

収まりのつかない気持ちを抱えたまま、それでもやがて中学校の新学期が始まり、僕は慣れない新しい日々に嫌でも向きあわねばならなくなった。明里と通うはずだった中学校にひとりで通い、すこしずつ新しい友人を作り、思い切ってサッカー部に入って運動を始めた。小学生の頃に比べれば忙しい毎日だったが、僕にとってはその方が都合が良かった。ひとりで時間を過ごすことは以前のように心地よくはなく、それどころかはっきりとした苦痛だった。だから僕はなるべく積極的に長い時間を友人と過ごし、夜は宿題を終えるとさっさと布団に入り、朝早く起きて部活の朝練に熱心に通った。

そして明里もきっと、新しい土地で同じような忙しい日々を送っているはずだった。その生活の中で次第に僕のことを忘れていってくれればいいと願った。僕は最後に明里に寂しい思いをさせてしまったのだ。そして、僕も明里のことを忘れていくべきなのだ。僕も明里も転校という経験を通じて、そういうやりかたを学んできたはずなのだ。

そして夏の暑さが本格的になる頃、明里からの手紙が届いた。

アパートの集合ポストの中に薄いピンク色の手紙を見つけ、それが明里からの手紙だと知った時、嬉《うれ》しさよりもまず戸惑いを感じたのを覚えている。どうして今になって、と僕は思った。この半年間、必死に明里のいない世界に身体を馴染ませてきたのに。手紙なんてもらったら——明里のいない寂しさを、僕は思い出してしまう。

そうだった。結局のところ、僕は明里のことを忘れようとして、かえって明里のことばかりを考えていた。たくさんの友人ができたけれど、そのたびに僕は明里がどれほど特別であったかを思い知らされるばかりだった。僕は部屋にこもり、明里からのその手紙を何度もなんども読み返した。授業中も教科書に挟んでひそかに眺めた。文面をすべて覚えてしまうくらい、繰り返し。

「遠野《とおの》貴樹さま」――という言葉で、その手紙は始まっていた。懐かしい、端正な明里の文字だった。

「たいへんご無沙汰《ぶさた》しております。お元気ですか？　こちらの夏も暑いけれど、東京にくらべればずっと過ごしやすいです。でも今にして思えば、私は東京のあの蒸し暑い夏も好きでした。溶けてしまいそうな熱いアスファルトも、陽炎《かげろう》のむこうの高層ビルも、デパートや地下鉄の寒いくらいの冷房も」

妙に大人びた文章の合間あいまには小さなイラストが描き込まれていて（太陽とかセミとかビルとか）、それはそのまま、少女の明里が大人になりつつある姿を僕に想像させた。近況を綴《つづ》っただけの短い手紙だった。四両編成の電車で公立の中学校まで通っているということ、体を強くするためにバスケットボール部に入ったこと、思い切って髪を切って耳を出してみたこと。それが意外に落ち着かない気持ちにさせること。僕と会えなくて寂しいというようなことは書かれていなかったし、文面からは彼女が新しい生活に順調に馴染《なじ》んでいるようにも感じられた。でも、明里は間違いなく僕に会いたいと、話したいと、寂しいと思っているのだと、僕は感じた。そうでなければ、手紙なんて書くわけがないのだ。そしてそういう気持ちは、僕もまったく同じだったのだ。

それ以来、僕と明里はひと月に一度ほどのペースで手紙をやりとりするようになった。明里と手紙のやりとりをすることで、僕は以前よりずっと生きやすくなったように感じた。たとえば退屈な授業を、はっきり退屈だと思うことができるようになった。明里と別れてからはただそういうものだと思っていたハードなサッカーの練習や理不尽な先輩の振る舞いも、辛《つら》いものはやはり辛いのだと認識できるようになった。そして不思議なことに、そう思えるようになってからの方が耐えることがずっとたやすくなった。僕たちは手紙に日々の不満や愚痴を書くことはなかったけれど、自分のことを分かってくれる誰かがこの世界にひとりだけいるという感覚は、僕たちを強くした。

そのようにして中学一年の夏が過ぎ、秋が過ぎて、冬が来た。僕は十三歳になり、この数ヵ月で背が七センチも伸び、体には筋肉がつき、以前のように簡単には風邪をひかなくなった。自分と世界との距離は、以前に比べてずっと適切になってきているように感じられた。明里も十三歳になったはずだ。制服に包まれたクラスメイトの女の子の姿を見ながら、明里の外見はどのように変わったのだろうかと、僕は時々想像した。ある時の明里からの手紙には、小学生の頃のようにまた僕と一緒に桜を見たいと書いてあった。彼女の家の近くに、とても大きな桜の樹があるのだと。「春にはそこでもたぶん、花びらが秒速五センチメートルで地上に降っています」と。

僕の転校が決まったのは、三学期に入ってからだった。

引っ越しの時期は春休みの間に、場所は九州《きゅうしゅう》の鹿児島、それも九州本島から離れた島になるということだった。羽田《はねだ》空港から飛行機で二時間くらいかかる距離だ。それはもう、この世の果てというのと変わらないと僕は思った。でも僕はその時点ですでにそのような生活の変化に慣れていたから、戸惑いはそれほどでもなかった。問題は明里との距離だ。中学に上がってから僕たちは会っていなかったけれど、考えてみればそれほど遠くに離れてしまっていたわけではなかったのだ。明里の住む北関東の町と東京の僕の住む区は、電車を乗り継いで三時間程度の距離のはずだった。考えてみれば、僕たちは土日に会うことだってできたのだ。でも僕が南端の町に越してしまえば今度こそ、明里と会える可能性はなくなってしまう。

　だから僕は明里への手紙で、引っ越しの前に一度会いたいと書いた。場所と時間の候補を挙げておいた。明里からの返事はすぐに届いた。お互いに三学期の期末試験があったし、僕には引っ越しの準備もあり明里には部活動があったから、お互いの都合がつくのは学期末の授業後の夜となった。時刻表を調べて、僕たちは夜七時に明里の家の近くの駅で待ち合わせることに決めた。その時間ならば僕が放課後の部活動をさぼって授業後すぐに出発すれば間に合うし、二時間ほど明里と話した後に、最終電車で都内の家まで帰ってくることができる。とにかくその日のうちに家に帰ることができるなら、親へのいいわけもなんとでもなる。小田急線と埼京線《さいきょう》、それから宇都宮線《うつのみや》と両毛線《りょうもう》を乗り継いで行く必要があるけれど、普通電車を乗り継ぐだけなので電車賃も往復で三千五百円ほどですむ。それは当時の僕にとっては小さくはない出費だったけれど、明里と会うこと以上に欲しいものは、僕にはなかった。

　約束の日まではまだ二週間あったから、僕は時間をかけて明里に渡すための長い手紙を書いた。それは僕が生まれて初めて書いた、たぶん、ラブレターだった。自分が憧《あこが》れている未来のこと、好きな本や音楽のこと、そして、明里が自分にとってどれほど大切な存在であるかを――それはまだ稚拙で幼い感情表現であったかもしれないけれど――なるべく正直に書き綴った。具体的な内容は今ではよく覚えていないけれど、便箋《びんせん》に八枚ほども書いたと思う。その頃の僕には、明里に伝えたいこと、知って欲しいことが本当にたくさんあったのだ。この手紙を明里が読んでくれさえすれば、僕は鹿児島での日々にも上手《うま》く耐えることができるだろうと思った。それは明里に知っておいて欲しい、当時の僕の断片だった。

明里へのその手紙を書いている数日の間に、何度か明里の夢を見た。

夢の中で、僕は小さくて俊敏な鳥だった。電線に覆われた夜の都心をくぐり抜け、鋭く羽ばたいてビルの上空へ駆け上がる。グラウンドを走る何百倍ものスピードと、世界でひとりだけの大切な人の元へ向かっているという高揚に、鳥である小さな体に溢《あふ》れるくらいのぞくぞくとする快感が走る。みるみるうちに地上は遠く離れ、密集する街の灯《あか》りは強い夜風にまるで星のように瞬き、車列の光がどくどくと脈打つ動脈や静脈のように見える。やがて僕の体は雲を抜け、月光に照らされたいちめんの雲海に出る。透き通った青い月光が雲の峰々を鈍く光らせ、まるで違う惑星のようだと思う。あどこまでも望む世界に行ける力を得た喜びに、羽毛に覆われた身体が強く震える。あっという間に目的地が近づき、僕は意気揚々と急降下し、眼下に広がる彼女の住む土地を眺める。遥《はる》かまで広がる田園、人間たちの住むまばらな屋根、所々に茂る林を縫って、一筋の光が動いているのが見える。電車だ。あれにもきっと僕自身が乗っているのだ。そして僕の目は、駅のホームでひとり電車を待っている彼女の姿を捉《とら》える。髪を切って耳を出した少女がホームのベンチにひとりだけで座っていて、彼女の近くには大きな桜の樹が一本立っている。まだ桜は咲いていないけれど、その硬い樹皮の中で息づく艶《なま》めかしい情動を僕は感じる。やがて少女は僕の姿に気づき、空を見上げる。もうすぐ会える。もうすぐ——。

3

明里との約束の当日は、朝から雨だった。空はまるでぴったりと蓋《ふた》がかぶされたように灰色一色に覆われていて、そこから細く冷たい雨の粒がまっすぐに地上に降り注いでいた。近づきつつある春がまるで心変わりをして引き返してしまったような、真冬の匂いのする日だった。僕は学生服の上に濃い茶色のダッフルコートをはおり、明里への手紙を学生鞄《かばん》の奥にしまってから学校に向かった。帰りは深夜になる予定だったので、親には帰りが遅くなるけれど心配しないでくださいという手紙を残した。僕と明里は親が知り合い同士というわけではないし、あらかじめ事情を話しても許してもらえないと思ったからだ。

その日一日の授業を、僕は窓の外を眺めながら落ち着かない気持ちで過ごした。授業の内容はまるで頭に入ってこなかった。たぶん制服を着ているはずの明里の姿を想像し、交わされるだろう会話を想像し、心地よい明里の声を思い浮かべた。そうだ、あの頃はきちんと意識はしていなかったけれど、僕は明里の声が大好きだったんだとあらためて思った。明里の声の空気の震わせかたが、僕は好きだった。それは僕の耳をいつでも優しく柔らかく刺激した。もうすぐその声が聞けるのだ。そんなことを考えていると体中が熱く火照り、僕はそのたびに気持ちを落ち着けるために窓の外の雨を眺めた。

雨。

秒速五メートルだ。教室から眺める外の景色は日中なのに薄暗く、ビルやマンションの窓の多くには電灯が灯《とも》っていた。ずっと遠くに見えるマンションの踊り場の蛍光灯が消えかかっていて、チカチカと時折瞬いていた。僕が眺めている間にも雨粒は次第に大きさを増し、やがて一日の授業が終わる頃には、雨は雪になった。

放課後、周囲のクラスメイトがいなくなったのを確認し、僕は鞄から手紙とメモを取り出した。手紙はすこし迷ってコートのポケットに入れた。それはどうしても明里に渡しておきたい手紙だったから、いつでも指先に触れていた方が安心するような気がしたのだ。メモの方は電車の乗り換えルートや乗車時間をまとめたもので、僕はもう何十回目かになる確認をもう一度行った。

まず、豪徳寺《ごうとくじ》駅を午後三時五十四分発の小田急線で新宿《しんじゅく》駅に行く。そこから埼京線に乗り換え大宮《おおみや》駅まで行き、宇都宮線に乗り換え、小山《おやま》駅まで。そこからさらに両毛線に乗り換え、目的の岩舟《いわふね》駅には六時四十五分着だ。明里とは岩舟駅で夜七時に待ち合わせているので、これでちょうど良い時間に到着できるはずだった。ひとりだけでこれだけ長い電車での移動をするのは初めての経験だったが、大丈夫だ、と自分に言い聞かせた。大丈夫、難しいことは何もないはずだ。

薄暗い学校の階段を駆け下り、玄関で靴を履き替えるために靴箱を開ける。鉄の蓋を開けるガチャンという音が誰もいない玄関ホールに大きく響き、それだけですこし鼓動が速くなってしまう。朝持ってきた傘は置いていくことにして、玄関を出て空を見上げる。朝は雨の匂いだった空気がきちんと雪の匂いに変わっている。雨のそれよりももっと透明で鋭くて、心がすこしざわめく匂いだ。灰色の空から無数の白い欠片《かけら》が舞い降りていて、じっと見ていると空に吸い込まれそうになる。僕は慌ててフードをかぶり、駅に走った。

＊　＊　＊

新宿駅にひとりで来たのは初めてだった。僕の生活圏からはほとんど馴染《なじ》みのない駅だったが、そういえば何ヵ月か前にクラスメイトの友人と映画を観に新宿まで来たことがあった。その時は友人とふたりで小田急線で新宿駅まで来て、ＪＲの東口改札から地上に出るのにさんざん迷ってしまったのだ。映画の内容よりもこの駅の複雑さと混雑の方がずっと強く印象に残っていた。

小田急線の改札を出て、迷わないように立ち止まり慎重に案内板を探し、「ＪＲ線きっぷ売り場」と書かれている方向に向かって早足で歩いた。柱が立ち並ぶ巨大な空間の向こうに何十台もの券売機が並んだスペースがあり、すいていそうな列に並んで切符を買う順番を待つ。目の前のＯＬ風の女の人からはかすかに香水の甘い匂いがして、なぜか胸が切ないような苦しいような気持ちになる。隣の列が動くと今度は横にいる年配の男性のコートからツンとするナフタリンの匂いがして、その匂いは僕に引っ越しの時の漠然とした不安を思い起こさせる。大量の人間の声の固まりがわーんという低い響きになって地下の空間を満たしている。雪に濡《ぬ》れた靴先がすこし冷たい。

頭がすこしくらくらする。自分が切符を買う番になり、券売機にボタンがないことに戸惑ってしまう（その頃はまだほとんどの駅の券売機がボタン式だったのだ）。隣を盗み見て、画面に直接指を触れて目的の切符を選べば良いのだと分かる。

自動改札を抜けて駅の構内に入り、視界の果てまで並ぶいくつもの乗り場案内板を注意深く見ながら、人波を縫うようにして埼京線乗り場を目指した。〈山手《やまのて》線外回り〉、〈総武《そうぶ》線中野《なかの》方面行き〉、〈山手線内回り〉、〈総武線千葉《ちば》方面行き〉、〈中央《ちゅうおう》線快速〉、〈中央本線特急〉……。いくつもの乗り場を通り過ぎ、途中、駅構内案内図を見つけ立ち止まりじっと眺めた。埼京線乗り場はいちばん奥だ。ポケットからメモを取り出して、腕時計（中学入学祝いに買ってもらった黒いGショック）の時間と見比べる。新宿駅発四時二十六分。腕時計のデジタル数字は四時十五分を示している。大丈夫、まだ十分間に合う。

構内でトイレを見つけ、念のため入った。埼京線には四十分間くらい乗ることになるから、用を足しておいた方がいいかもしれないと思ったのだ。手を洗う時に鏡に映った自分を見た。汚れた鏡面の向こうに、白っぽい蛍光灯の光に照らされた自分の姿が映っている。この半年で背も伸びたし、僕はすこしは大人っぽくなったはずだ。寒さからか高揚からか、頰がすこし赤くなっていることを恥ずかしく思う。僕は、これから、明里に会うんだ。

埼京線の車内は帰宅する人々で混み始めていて、座席に座ることはできなかった。僕は他の何人かに倣って最後尾の壁によりかかり、吊《つ》り広告の週刊誌の見出しを眺め、窓の外を眺め、時折乗客の姿を盗み見た。視線も気持ちも落ち着かず、鞄に入っているSF小説を取り出して読む気にもなれなかった。座席に座った高校生の女の子と、その子の目の前に立っている友人らしき女の子との会話がきれぎれに聞こえてくる。ふたりとも短いスカートからすらりとしたはだかの脚を出し、ルーズソックスを履いている。

「この前の男の子、どうだった？」

「誰？」

「ほら北高の」

「えー、趣味悪くない？」

「そんなことないよ。私は好みだなあ」

たぶんコンパか何かで知り合った男の子の話だろうと思う。自分のことを話されているわけでもないのに僕はなぜかすこし恥ずかしくなる。コートのポケットの中で指先に触れている手紙の感触を確かめながら、窓の外に目を向ける。電車はさっきから高架橋の上を走っている。初めて乗る路線だった。普段乗る小田急線とは揺れ方や走る音が微妙に違って、それが知らない場所に向かっているという不安な気持ちを強くさせる。冬の弱い夕日が地平線の空を薄いオレンジに色づけていて、地上は視界のずっと彼方《かなた》までびっしりと建物が並んでいる。雪はまだずっと降り続いている。もう東京ではなく埼玉に入っているのだろうか。見知っている風景よりも、街はずっと均一に見える。中くらいの高さのビルとマンションばかりが地上を埋めている。

途中の武蔵浦和《むさしうらわ》という駅で、快速電車の待ち合わせのために電車は停車した。「大宮までお急ぎのお客さまは向かいのホームでお乗り換えください」と車内放送が告げ、乗客の半分くらいがどやどやと電車を降りてホームの向かい側に並び始め、僕もその最後尾についた。何十本もの鉄道架線と、降りしきる雪の厚い層を挟んだ西の低い空に、たまたまの雲の切れ間から小さな夕日が顔を出していて、その光を受けて夕日の下の何百もの屋根の群れが淡く光っている。その風景を眺めながら、僕はずっと昔にこの場所に来たことがある、とふいに思い出した。

そうだ、これは初めて乗る路線ではなかった。

小学三年生にあがる直前、長野から東京に引っ越してくる時に、僕は両親とともに大宮駅からこの電車に乗って新宿駅に向かったのだ。見慣れた長野の田園風景とはまるで異なるこの風景を、僕は電車の窓から激しい不安を抱きながら眺めていた。見わたすかぎり建物だけのこの風景の中で僕はこれから暮らすのだと思うと、不安で涙が出そうになった。それでもあれから五年の月日が経ち、僕はひとまずここまでは生き抜いてこられたのだと思った。僕はまだ十三歳だったけれど、大袈裟《おおげさ》ではなくそう思った。明里が僕を助けてくれたのだ。そして明里にとっても同じであって欲しいと、僕は祈った。

大宮駅もまた、新宿駅ほどの規模ではないにせよ巨大なターミナル駅だった。埼京線を降りて長い階段を上り、駅の人混みの中を乗り換えの宇都宮線のホームに向かった。構内はさらに雪の匂いが濃く強くなっていて、行き交う人々の靴は雪の水を吸ってぐっしょりと濡れていた。宇都宮線のホームも帰宅の人々で溢《あふ》れていて、電車のドア位置になる場所には人々の長い列ができていた。僕は人の列とは離れた場所にひとりで立って電車を待った。行列に並んでもどうせまた座れないのだ。――そこで初めて、僕は嫌な予感がした。構内アナウンスのせいだと気づくまで一瞬の間があいた。

「お客さまにお知らせいたします。宇都宮線、小山・宇都宮方面行き列車は、ただいま雪のため到着が八分ほど遅れています」とアナウンスが告げていた。

その瞬間まで、僕はなぜか電車が遅れるなんていう可能性を考えもしなかったのだ。メモと腕時計を見比べてみる。メモでは五時四分の電車に乗るはずが、もう五時十分だった。急に寒さが増したような気がして、身震いがした。二分後にプァァーン……という長く響く警笛とともに電車の光が差し込んできた時も、寒気は治まらなかった。

＊　＊　＊

宇都宮線の中は、小田急線よりも埼京線よりも混み合っていた。皆そろそろ一日の仕事なり勉強なりを終え、家に帰っていく時間なのだ。車輌《しゃりょう》は今日乗ってきた他の電車に比べるとずっと古く、座席は四人掛けのボックス席で、それは長野にいた頃に地元を走っていたローカル線を思い出させた。僕は片手で座席に付いている握りをつかみ、片手をコートのポケットに入れ、座席に挟まれた通路に立っていた。車内は暖房が効いていて暖かく、窓は曇り四隅にはびっしりと水滴が張り付いていた。人々はぐったりと疲れたように一様に無口で、その姿は蛍光灯に照らされた古い車輌にしっくりと馴染《なじ》んでいるように見えた。僕だけがこの場所に相応《ふさわ》しくないように思えて、すこしでもその違和感がなくなるようにと僕はできるだけ息を潜め、じっと窓の外を流れる景色を眺めていた。

風景からはすっかり建物がすくなくなり、どこまでも広がる田園は完全に雪に染まっていた。ずっと遠くの闇の中に人家の灯《あか》りがまばらに瞬いているのが見えた。赤く明滅するランプのついた巨大な鉄塔が、遠方の山の峰まで等間隔に並んでいた。その黒く巨大なシルエットは、まるで雪原に整列した不穏な巨人の兵士のように見えた。ここはもう完全に、僕の知らない世界なのだ。そのような風景を眺めながら、考えるのは明里との待ち合わせ時間のことだった。もし約束の時間に僕が遅れてしまったとしたら、僕にはそれを明里に知らせる手段がなかった。当時は中学生が持つほどには携帯電話は普及していなかったし、僕は明里の引っ越し先の電話番号を知らなかった。窓の外の雪はますます勢いを増していった。

次の乗り換えとなる小山駅に着くまでの間、本来なら一時間のところを電車はじりじりと遅れながら走った。駅と駅との間の距離は都内の路線からは信じられないくらい遠く離れていて、ひと駅ごとに電車は信じられないくらい長い時間停車した。そのたびに、車内にはいつも同じアナウンスが流れた。「お客さまにお断りとお詫《わ》び申し上げます。後続列車遅延のため、この列車は当駅にてしばらくの間停車いたします。お急ぎのところたいへんご迷惑をおかけいたしますが、今しばらくお待ちください……」

僕は何度もなんども繰り返し時計を見て、まだ七時にならないようにと強く祈り、それでも距離が縮まらないままに時間だけが確実に経っていき、そのたびに何か見えない力で締め付けられるように全身がどくどくと鈍く痛んだ。まるで僕の周囲に目に見えない空気の檻《おり》があり、それがだんだん狭まってくるような気分だった。待ち合わせに間に合わないのは、もう確実だった。

とうとう約束の七時になった時、電車はまだ小山駅にさえ着くことができずに、小山駅から二つ手前の野木《のぎ》という駅に停車していた。明里の待つ岩舟駅は、小山駅で乗り換えてからさらに電車で二十分かかる距離なのだ。大宮駅を出てから車中でのこの二時間、どうにもならない焦りと絶望で、僕の気持ちはびりびりと張り詰め続けていた。これほど長く辛《つら》い時間を、今までの人生で経験したことがなかった。今の車内が寒いのか暑いのか、もうよく分からなかった。感じるのは車輛に漂う深い夜の匂いと、昼食以降何も食べていないことによる空腹だった。気づけば車内はいつの間にか人もまばらで、立っているのは僕ひとりだけだった。僕は近くの誰も座っていないボックス席にどさりと腰を下ろした。途端に足がジンと鈍く痺《しび》れ、体の深いところから全身の皮膚に疲れが湧き出てきた。体中に不自然に力が入っていて、それを上手《うま》く抜くことができなかった。僕はコートのポケットから明里への手紙を取り出して、じっと眺めた。約束の時間を過ぎて、きっと明里は今頃不安になり始めている。明里との最後の電話を思い出す。どうしていつもこんなことになっちゃうんだ。

野木駅にはそれからたっぷり十五分ほども停車して、電車はふたたび動き始めた。

*　*　*

電車がようやく小山駅に着いたのは、七時四十分を過ぎた頃だった。電車を降りて、乗り換えとなる両毛線のホームまで走った。役に立たなくなったメモは丸めてホームのゴミ箱に捨てた。

小山駅は建物ばかり大きかったが、人はまばらだった。構内を走り過ぎる時、待合い広場のような場所にストーブを中心に何人かが椅子に座り込んでいるのが見えた。

これから家族が車で迎えに来たりするのだろうか。やはり彼らはこの風景に自然に溶け込んでいるように見えた。僕だけが焦燥に駆られている。

両毛線のホームは、階段を下りて地下通路のような場所をくぐり抜けたその先にあった。地面は飾り気のない剝《む》きだしのコンクリートで、太いコンクリートの四角い柱が等間隔に並び、天井には何本ものパイプが絡み合って延びていた。柱を挟んだホームの両側は吹き抜けになっていて、オォォォという吹雪の低い唸《うな》りが空間を満たしている。青白い蛍光灯の光が、このトンネルのようにぽっかりあいた空間をぼんやりと照らしていた。キオスクのシャッターは固く閉じられている。まるで見当違いの場所に迷い込んでしまったような気持ちになったが、きちんと何人かの乗客がホームで電車を待っていた。小さな立ち食いそば屋と二つ並んだ自動販売機の黄色っぽい光だけはいくぶん暖かそうに見えたが、全体としてはとても冷えびえとした場所だった。

「ただいま両毛線は雪のため、大幅な遅れをもって運転しております。お客さまにはたいへんご迷惑をおかけいたしております。列車到着まで今しばらくお待ちくださ い」という無表情なアナウンスがホームに反響していた。僕はすこしでも寒さを防ぐためにコートのフードを頭にかぶり、風をよけるようにコンクリートの柱にもたれてじっと電車が来るのを待った。コンクリートの足元から鋭い冷気が全身に這《は》い上がってきていた。明里を待たせている焦りと体温を奪い続ける寒さと刺すような空腹とで、僕の身体は硬くこわばっていく。そば屋のカウンターに、ふたりのサラリーマンが立ってそばを食べているのが見えた。そばを食べようかと思い、でも明里も空腹を抱えて僕を待っているのかもしれないと考え、僕だけが食事を摂《と》るわけにはいかないと思い直した。せめて温かい缶コーヒーを飲むことにして、自動販売機の前まで歩いた。コートのポケットから財布を取り出そうとした時に、明里に渡すための手紙がこぼれ落ちた。

今にして思えば、あの出来事がなかったとしても、それでも手紙を明里に渡すことにしていたかどうかは分からない。どちらにしてもいろいろな結果は変わらなかったんじゃないかとも思う。僕たちの人生は嫌になるくらい膨大な出来事の集積であり、あの手紙はその中でのたった一つの要素にすぎないからだ。結局のところ、どのような強い想いも長い時間軸の中でゆっくりと変わっていくのだ。手紙を渡せたにせよ、渡せなかったにせよ。

財布を取り出す時にポケットからこぼれ出た手紙は、その瞬間の強風に吹き飛ばされ、あっという間にホームを抜けて夜の闇に消えた。そのとたん、僕はほとんど泣き出しそうになってしまった。反射的にその場でうつむいて歯を食いしばり、とにかく涙をこらえた。缶コーヒーは買わなかった。

＊　＊　＊

結局、僕の乗った両毛線は、目的地への中間あたりで完全に停車してしまった。「降雪によるダイヤの乱れのため停車いたします」と車内アナウンスが告げていた。「お急ぎのところたいへん恐縮ですが、現在のところ復旧の目処《めど》は立っておりません」と。窓の外はどこまでもひろがる暗い雪の広野だった。吹きつける吹雪の音が窓枠をかたかたと揺らし続けていた。なぜこのような何もない場所で停車しなければならないのか、僕にはわけが分からなかった。腕時計を見ると、待ち合わせの時間からはすでにたっぷり二時間が過ぎていた。今日一日で、僕は何百回この時計を見ただろう。刻み続ける時間をこれ以上見るのが嫌で、僕は時計を外して窓際に据え付けられた小さなテーブルに置いた。僕にはもうどうしようもなかった。とにかく電車が早く動き始めてくれることを祈るしかなかった。

——貴樹くんお元気ですか、と、明里は手紙に書いていた。「部活で朝が早いので、この手紙は電車で書いています」と。

手紙から想像する明里は、なぜかいつもひとりだった。そして結局は僕も同じようにひとりだったのだ、と僕は思う。学校には何人もの友人がいたけれど、今このように、フードで顔を隠し誰もいない車輌《しゃりょう》の座席にひとりで座り込んでいる僕が、本当の僕の姿だったのだ。電車の中は暖房が効いていたはずだけれど、乗客がまばらのたった四両編成のこの車輌の中は、とてつもなく寒々しい空間だった。どう表現すればいいのだろう——、こんなにも酷《ひど》い時間を、僕はそれまで経験したことがなかった。広いボックス席に座ったまま、僕は体をきつく丸めて歯を食いしばり、ただとにかく泣かないように、悪意の固まりのような時間に必死に耐えているしかなかった。明里がひとりだけで寒い駅の構内で僕を待ち続けていると思うと、彼女の心細さを想像すると、僕は気が狂いそうだった。明里がもう待っていなければいいのに、家に帰っていてくれればいいのにと、僕は強くつよく願った。

でも明里はきっと待っているだろう。

僕にはそれが分かったし、その確信が僕をどうしようもなく悲しく、苦しくさせた。窓の外は、いつまでもいつまでも雪が降り続けていた。

4

電車がふたたび動き始めたのは二時間以上が経過した頃で、僕が岩舟駅に着いたのは約束よりも四時間以上経った夜の十一時過ぎだった。当時の僕にとってそれは完全に深夜の時間だ。電車のドアからホームに降りた時に靴が新雪に深く埋まり、ぎゅっという柔らかな雪の音がした。もうすっかり風は止んでいて、空からは無数の雪の粒がゆっくりと、垂直に音もなく落ち続けていた。降車したホームの脇には壁も柵《さく》もなく、ホームのすぐ横から見渡すかぎりの雪原が広がっている。街の灯《あか》りは遠くすくない。あたりはしんとしていて、停車した電車のエンジン音しか聞こえなかった。

小さな陸橋を渡って、改札までゆっくりと歩いた。陸橋からは駅前の町が見えた。家の灯りは数えられるくらいしか灯《とも》っておらず、町はただ黙々と雪に降りこめられつつあった。改札で駅員に切符を渡し、木造の駅舎の中に入った。改札のすぐ奥が待合室になっていて、足を踏み入れたとたんに暖かな空気と石油ストーブの懐かしい匂いが身体を包んだ。目の前の光景に胸の奥から熱い固まりが込みあげてきて、なんとかそれをやり過ごすためにきつく目をつむった。——ふたたびゆっくりと目を開く。ひとりの少女が石油ストーブの前の椅子にうつむいたまま座っていた。

　白いコートに包まれたほっそりとしたその少女は、はじめ知らない人のように見えた。ゆっくりと近づき、あかり、と声をかけた。僕の声は知らない誰かのもののようにかすれていた。彼女はすこし驚いたようにゆっくりと顔を上げ、こちらを見た。明里だった。大きな両目には涙がたまり、目尻《めじり》は赤くなっている。一年前よりも大人っぽくなった明里の顔は、ストーブの黄色い光を滑らかに映し、僕が今まで見たどんな女の子よりも美しく見えた。心臓を指で直接そっと触れられたような、言葉にできない疼《うず》きが走った。それは僕が初めて知る感覚だった。目をそらせなかった。明里の目にたまった涙の粒がみるみる大きくなっていくのを、僕は何かとても貴い現象を見るように眺めていた。明里の手が僕のコートの裾《すそ》をぎゅっとつかみ、僕は明里の方に一歩ぶん引き寄せられた。僕の裾をにぎりしめた明里の白い手に涙の粒が落ちるのを見た瞬間、こらえられない感情の固まりがふたたび湧きあがってきて、気づいたら泣いていた。石油ストーブの上に置かれたたらいのお湯がくつくつと沸く優しげな音が、狭い駅舎に小さく響いていていた。

＊　＊　＊

明里は保温ポットに入ったお茶と手作りのお弁当を持ってきてくれていた。僕たちはストーブの前の椅子に並んで座り、真ん中にお弁当の包みを置いた。僕は明里からもらったお茶を飲んだ。お茶はまだ十分に熱く、とても香ばしい味がした。

「おいしい」と、僕は心の底から言った。

「そう？　普通のほうじ茶だよ」

「ほうじ茶？　初めて飲んだ」

「うそ！　ぜったい飲んだことあるよ！」と明里に言われたけれど、僕はこんなにおいしいお茶は本当に初めてだと思ったのだ。「そうかなぁ……」と答えると、

「そうだよ」とおかしそうに明里が言う。

明里の声は彼女の体と同じように、僕が覚えていたよりも大人っぽくなっているように思えた。口調には優しくからかうような響きとすこし照れたような響きが混じっていて、明里の声を聞いているうちに僕の体温は次第にぽかぽかとぬくもりを取り戻

していった。

「それから、これ」と言って、明里はお弁当の包みを開いて二つのタッパーウェアの蓋《ふた》を開けた。一つには大きなおにぎりが四つ入っていて、もう一つには色とりどりのおかずが入っていた。小さなハンバーグ、ウィンナー、卵焼き、プチトマト、ブロッコリー。それらが全部二つずつ、綺麗《きれい》に並べられている。

「私が作ったから味の保証はないんだけど……」と言いながらごそごそとお弁当包みを畳んで脇に置き、「……良かったら、食べて」と、照れたように明里が言う。

「……ありがとう」と僕はやっとのことで声に出した。胸にふたたび熱いものが込みあげてきて、すぐに泣きそうになってしまう自分が恥ずかしくて、必死にこらえた。空腹だったことを思い出して、慌てて「お腹すいてたんだ、すごく！」と言った。明里は嬉《うれ》しそうに笑ってくれた。

おにぎりはずっしりと重く、僕は大きな口を開けてひとくち頬張った。嚙《か》みしめているうちにも涙が溢《あふ》れそうで、それが明里にばれないようにうつむきながら飲み込んだ。今まで食べたどんな食べ物よりもおいしかった。

「今まで食べた中でいちばんおいしい」と僕は正直に言った。

「おおげさだなー」

「ホントだよ！」

「きっとお腹がすいてたからよ」

「そうかな……」

「そうよ。私も食べよっと」と嬉しそうに明里は言って、おにぎりを手に取った。

それからしばらく、僕たちはお弁当を食べ続けた。ハンバーグも卵焼きも、驚くらいおいしかった。そう伝えると明里は恥ずかしそうに笑い、それでもどこか誇らしげに、「学校が終わってから一度家に戻って作ったんだ」と言った。「お母さんにちょっと教えてもらっちゃったんだけど」

「お母さんになんて言って出てきたの？」

「何時になっても絶対に家に帰るから、どうか心配しないでって手紙置いてきたの」

「僕と同じだ。でも明里のお母さん、きっと心配してるよね」

「うーん……でもきっと大丈夫よ。お弁当作ってる時『誰にあげるの？』なんて訊《き》かれて私笑ってたんだけど、お母さんちょっと嬉しそうだったもん。きっと分かってるんじゃないかな」

何を分かっているのかが気になったけど、なんとなく訊けずに僕はおにぎりを齧《かじ》った。たっぷりと量のあるおにぎりはそれぞれが二つずつ食べると十分にお腹がいっぱいになり、僕はとても満ち足りた気持ちになっていた。

小さな待合室は黄色っぽいぼんやりとした光に照らされていて、石油ストーブの方を向いた膝頭《ひざがしら》はぽかぽかと暖かかった。僕たちはもう時間を気にすることなく、ほうじ茶を飲みながらゆっくりと好きなだけ話をした。ふたりとも家に帰ることは考えていなかった。口に出して確かめあったわけではないけれど、お互いがそう考えていることがちゃんと分かった。話したいことはお互いに尽きぬほどあったのだ。この一年の間に感じていた孤独を、僕たちは訴えあった。直接的な言葉は使わなかったけれど、お互いの不在がどれほど寂しかったか、今までどれほど会いたかったかを、僕たちは言外に相手に伝え続けた。

コンコンと、駅員が控えめな音で待合室の硝子《ガラス》戸を叩《たた》いた時は、もう深夜の十二時を回っていた。

「そろそろ駅を閉めますよ。もう電車もないですし」

僕が改札を出る時に切符を渡した初老の駅員だった。怒られるのかと思ったが、彼は微笑していた。「なんだか楽しそうだから邪魔したくはなかったんだけど」と、その駅員はすこし訛《なま》りのある発音で優しく言った。

「決まりだからここは閉めなくちゃいけないんです。こんな雪ですし、お気をつけてお帰りください」

僕たちは駅員にお礼を言って、駅舎を出た。

岩舟の町はすっぽりと雪に埋まっていた。雪は変わらずにまっすぐ降り続けていたが、空も地上も雪に挟まれた深夜の世界は、不思議にもう寒くはなかった。僕たちはどこかうきうきした気持ちで新雪の上を並んで歩いた。僕の方が明里より何センチか背が高くなっていて、そんなことが僕をとても誇らしい気持ちにさせた。青白い街灯の光がスポットライトのように行く手の雪を丸く照らしていた。明里は嬉しそうにそこに向かって走り、僕は記憶よりもすっかり大人びた明里の背に見とれた。

明里の案内で、彼女が以前手紙に書いていた桜の樹を見に行くことにした。駅から十分ほど歩いただけなのに、民家のない広々とした畑地に出た。人工の光はもうどこにもなかったけれど、あたりは雪明かりでぼんやりと明るかった。風景全体が薄く微《かす》かに光っていた。まるで誰かの精巧で大切なつくりもののような、美しい風景だった。

その桜の樹はあぜ道の脇に一本だけぽつんと立っていた。太く高く、立派な樹だった。ふたりで桜の樹の下に立ち、空を見上げた。真っ暗な空から、折り重なった枝越しに雪が音もなく舞っていた。

「ねえ、まるで雪みたいだね」と明里が言った。

「そうだね」と、僕は答えた。満開の桜の舞う樹の下で、僕を見て微笑んでいる明里が見えたような気がした。


その夜、桜の樹の下で、僕は明里と初めてのキスをした。とても自然にそうなった。唇と唇が触れたその瞬間、永遠とか心とか魂とかいうものがどこにあるのか、分かった気がした。十三年間生きてきたことのすべてを分かちあえたように僕は思い、それから、次の瞬間、たまらなく悲しくなった。

明里のそのぬくもりを、その魂を、どこに持っていけばいいのか、どのように扱えばいいのか、それが僕には分からなかったからだ。大切な明里のすべてがここにあるのに。それなのに、僕はそれをどうすれば良いのかが分からないのだ。僕たちはこの先もずっと一緒にいることはできないのだと、はっきりと分かった。僕たちの前には未《いま》だ巨大すぎる人生が、茫漠《ぼうばく》とした時間が、横たわっていた。

――でも、僕を瞬間捉《とら》えたその不安はやがて緩やかに溶けていき、僕の身体には明里の唇の感触だけが残っていた。明里の唇の柔らかさと温かさは、僕が知っていることの世の何にも似ていなかった。それは本当に特別なキスだった。今振り返ってみても、僕の人生には後にも先にも、あれほどまでに喜びと純粋さと切実さに満ちたキスはなかった。

＊　＊　＊

僕たちはその夜、畑の脇にあった小さな納屋で過ごした。その木造の小屋の中には様々な農具がしまい込まれていて、僕と明里は棚にあった古い毛布を引っぱり出し、濡《ぬ》れたコートと靴を脱いで同じ毛布にくるまり、小さな声で長い時間話をした。コートの下の明里はセーラー服を着ていて、僕は学生服姿だった。制服を着ているのに僕たちは今ここで孤独ではない、それがむしょうに嬉《うれ》しかった。

毛布の中で話しながら時折僕たちの肩は触れあい、明里の柔らかな髪は僕の頬や首筋を時々そっと撫《な》でた。その感触と甘い匂いはそのたびに僕を昂《たか》ぶらせたけれど、僕には明里の体温を感じているだけでもう精一杯だった。明里の喋《しゃべ》る声が僕の前髪を優しく揺らし、僕の息も明里の髪をそっと揺らせた。窓の外では次第に雲が薄くなり、時折薄い硝子窓から月明かりが差し込んで小屋の中を幻想的な光に満たした。話し続けるうちに、僕たちはいつのまにか眠っていた。

目を覚ましたのは朝の六時頃で、雪はいつのまにか止んでいた。僕たちはまだほのかに温かさの残るほうじ茶を飲み、コートを着て駅まで歩いた。空はすっかり晴れわたり、山の稜線《りょうせん》から昇ったばかりの朝日が雪景色の田園をきらきらと輝かせている。眩《まぶ》しい光に溢れた世界だった。

土曜日の早朝のホームに、乗客は僕たちしかいなかった。オレンジと緑に塗り分けられた車輛《しゃりょう》全体に朝日を受け、両毛線が車体のあちこちを輝かせながらホームに入ってきた。ドアが開き、僕は電車に乗り込んで振り向き、目の前のホームに立っている明里を見た。白いコートの前ボタンをはずし、間からセーラー服を覗《のぞ》かせている、十三歳の明里。

——そうだ、と僕は気づく。僕たちはこれからひとりきりで、それぞれの場所に帰らなければならないのだ。

さっきまであれほどたくさんの話をして、あれほどお互いを近くに感じていたのに、それは唐突な別れだった。こんな瞬間に何を言ったらよいのか分からずに僕は黙ったままで、先に言葉を発してくれたのは明里だった。

「あの、貴樹くん」

僕は「え」、という返事とも息ともつかない声を出すことしかできない。

「貴樹くんは……」と明里はもう一度言って、すこしの間うつむいた。明里の後ろの雪原が朝日を浴びてまるで湖面のようにきらめいていて、そんな風景を背負った明里はなんて美しいのだろうと、僕はふと思う。明里は思い切ったように顔を上げ、まっすぐに僕を見て言葉を続けた。

「貴樹くんは、この先も大丈夫だと思う。ぜったい！」

「ありがとう……」と僕がやっとの思いで返事をした直後、電車のドアが閉まり始めた。――このままじゃだめだ。僕はもっとちゃんと、明里に言葉を伝えなければならない。閉じてしまったドア越しにも聞こえるように、僕は思い切り叫んだ。

「明里も元気で！　手紙書くよ！　電話も！」

その瞬間、遠くで鋭く鳴く鳥の声が聞こえたような気がした。電車が走り始め、僕たちはお互いの右手をドアのガラス越しに重ねた。それはすぐに離れてしまったけれど、確かに一瞬だけ重なった。


帰りの車輛の中で、僕はいつまでもドアの前に立ち続けていた。

明里に長い手紙を書いていたこと、それをなくしてしまったことを、僕は明里に言わなかった。きっとまたいつか会えるはずだと思っていたからでもあるし、あのキスの前と後とでは、世界の何もかもが変わってしまったような気がしたからでもある。

僕はドアの前に立ったまま、明里が触れたガラスにそっと右手をあてた。

「貴樹くんはこの先も大丈夫だと思う」と、明里は言った。

何かを言いあてられたような――それが何かは自分でも分からないけれど――不思議な気持ちだった。同時に、いつかずっとずっと未来に、明里のこの言葉が自分にとってとても大切な力になるような予感がした。

でもとにかく今は――と僕は思う。僕は彼女を守れるだけの力が欲しい。

それだけを思いながら僕はいつまでも、窓の外の景色を見続けていた。

第二話「コスモナウト」

1

　水平線のちょっと上に乗っかっている朝日が、周囲の水面を眩しく輝かせている。空は文句のつけようもなくぱっきりと青く、肌に感じる水はあたたかく、体はとても軽い。私は今、ひとりだけで光の海に浮かんでいる。こんな時は自分がまるでとても特別な存在みたいに思えて、いつもほんのりと幸せな気持ちになってしまう。今現在、たくさんの問題を抱えているにもかかわらず。

　そもそもこんなふうに脳天気に、すぐに幸せだなーとか思ってしまうことが諸問題の原因なのかもしれないと考えながら、それでも私はうきうきと次の波に向かって腕を漕《こ》ぎだす。朝の海ってなんて綺麗《きれい》なんだろう。徐々にせり上がる波のなめらかな動き、言葉では説明できない複雑な色合い。それにうっとりと見とれながら、私は自分の体を乗せたボードを波のフェイスに滑り込ませようとする。体が持ち上げられる浮力を感じ体を起こそうとした直後、しかし私はバランスを崩して波の下に沈み込んでしまう。また失敗。鼻からすこしだけ吸い込んでしまった海水で、目の奥がつんとする。

問題その一。私はこの半年間、一度も波の上に立てていない。

砂浜から一段上がったところにある駐車場（というか雑草の茂った単なる広場）の奥、背の高い雑草の陰で、私は肌にぴったりとしたラッシュガードを脱ぎ水着を脱ぎ、裸になってホースの水道水を頭からかぶり、さっと体を拭《ふ》いて制服に着替える。周囲には誰もいない。ほてった体にあたる強い海風が気持ちいい。肩に届かないくらいの私の短い髪はあっという間に乾いてしまう。白いセーラーの上着に、朝日が雑草の影をくっきりと映している。海はいつでも大好きだけれど、この季節の朝はほんとうに特別に好き。これが冬だったら、海から上がって着替えるこの瞬間がいちばん辛《つら》いのだ。

乾いた唇にリップクリームを塗っている時にお姉ちゃんのステップワゴンがやってくる音が聞こえて、私はサーフボードとスポーツバッグを抱えて車に向かう。赤いジャージ姿のお姉ちゃんが運転席の窓を開けて私に話しかける。

「花苗《かなえ》、どうだった？」

　私のお姉ちゃんは綺麗だ。髪がまっすぐに長くて、落ち着いていて、頭が良くて、高校の先生をやっている。八歳上の姉のことを、しかし昔はあまり好きではなかった。理由を自分なりに内省・分析するに、どちらかといえばぼんやりとした平凡な私にとって、華やかな姉は要するにコンプレックスの対象だったのだと思う。でも今は好き。お姉ちゃんが大学を卒業してこの島に帰ってきた頃に、私はいつの間にか素直に姉を尊敬できるようになっていた。ダサいジャージなんか着ないで、もっと可愛い服を着ればもっともっと美人に見えるのに。でもあんまり綺麗すぎると、この小さな島では目立ちすぎちゃうのかもしれない。

「今日もダメ。風はずっとオフショアだったんだけど」サーフボードをトランクにしまいながら私は答える。

「まあゆっくりやんなさい。放課後も来るの？」

「うん、来たい。お姉ちゃんは平気？」

「いいよ。でも勉強もちゃんとやんなさいよ」

「はーい！」

誤魔化すように大きく返事をしつつ、私は駐車場の隅に停めてあるバイクに向かう。学校指定のホンダのスーパーカブは年季の入ったお姉ちゃんからのお下がりだ。電車がなくバスもほとんど走らないこの島では、高校生はたいていて十六歳になってすぐバイクの免許を取る。バイクは便利だし島を走るのは気持ちいいけれど、でもサーフボードは運べないから、海に行く時はいつもお姉ちゃんが車を出してくれる。私たちはこれからそろって登校するのだ。私は授業を受けるために、お姉ちゃんは授業を行うために。エンジンのキーを回す時に腕時計を確認する。七時四十五分。うん、大丈夫。きっと彼はまだ練習中だ。私は姉の車に続いてカブを走らせ、海岸を後にする。

お姉ちゃんの影響でボディボードを始めたのが高校一年生の時、最初の一日で私はすっかりサーフィンの魅力にとりつかれてしまった。大学でサーフィン部だった姉のサーフィンはちっともファッショナブルではなくバリバリの体育会系だったけれど(最初の三ヵ月はひたすら沖に出るための基礎練習だった。日が暮れるまでパドリング！　ドルフィンスルー！)、海というとてつもなく巨大なものに向かっていくという行為を、理由は分からないけれどとても美しいと思った。そしてボディボードにもずいぶん慣れた高二の夏のある晴れた日、私は今度は波に立ちたいと突然に思った。

そのためにはショートボードかロングボードに乗る必要があり、ミーハーな私はサーフィンといえばやっぱりショートでしょうということで転向し、そして習い始めの頃こそは何回か偶然に波に立てたこともあったのだけれど、それ以降なぜかぷっつりと立てないままでいる。難しいショートボードは投げ出してボディボードに戻ろうかとも思いつつ、それでも一度決めたことなのだからとぐずぐずと迷い、そんなふうにしているうちに私は高校三年になり、あっという間に夏になってしまった。ショートボードで波に乗れない。これが私の悩みの一つ。そして二つめの悩みに、私はこれからアタックする。

パン！という気持ちの良い音が、朝の鳥のさえずりに混じって小さく聞こえてくる。ぴんと張られた紙の的を矢が貫く音。今は八時十分、私は校舎の陰に緊張して立っている。さっき校舎の端からすこしだけ顔を出して覗《のぞ》いてみたところ、弓道場にはいつも通り彼ひとりしかいなかった。

彼は毎朝ひとりで弓道の練習をしていて、私が朝からサーフィンの練習をする一因も実は彼にある。彼が朝から何かに熱中しているなら、私も何かに熱中していたい。彼が真剣に弓を引いている姿は、それはそれは素敵なのだ。とはいえ近くでじっと見つめることは恥ずかしくてできないから、今みたいに百メートルくらい離れた場所からしか練習姿は見たことはないけれど。そのうえ盗み見だけれど。

私はなんとなくスカートをぱたぱたと払い、セーラーの裾《すそ》を軽くひっぱって整えてから、深呼吸をした。よし！　自然にいくよ、自然に。そして弓道場に向かって足を踏み出す。

「あ、おはよう」

いつも通り、彼は近づいてくる私を見つけると練習を中断し、声をかけてきてくれた。きゃー、もう、やっぱり優しい。落ち着いた深い声。

私はどきどきしながら、それでも平静を装ってゆっくりと歩く。私はただ弓道場の脇を通りかかっただけなのよ、というふうに。そして慎重に返事をする。声が裏返ったりしないように。

「おはよう遠野くん。今朝も早いね」

「澄田《すみだ》も。海、行ってきたんだろ？」

「うん」

「がんばるんだね」

「えっ」思いがけず褒められて私はびっくりする。やばい、きっと私いま耳まで赤くなってる。

「そ、そんなにでも……。えへへ、じゃ、またね遠野くん！」嬉《うれ》しさと恥ずかしさで、慌てて私は駆けだしてしまう。「ああ、またな」という優しい声が背中に聞こえる。

問題その二。私は彼に片想いをしている。実にもう五年間も。名を遠野貴樹《たかき》くんという。そして遠野くんと一緒に過ごせる時間は、高校卒業までのあと半年しかない。

そして問題その三。それは机の上にあるこの紙切れ一枚に集約されている。現在八時三十五分、朝のホームルーム中だ。担任の松野《まつの》先生の声がぼんやりと聞こえてくる。ええかー、そろそろ決める時期やぞ。ご家族とよう相談して書いてくるように。とかなんとか。その紙切れには「第3回進路希望調査」と書いてある。これに何を書き込めばよいのか、私は途方に暮れる。

十二時五十分。昼休み中の教室には、いつかどこかで聞いたことのあるクラシックが流れている。なぜかこの曲を聴くと、私はスケートをしているペンギンを思い出してしまう。いったいこの曲は私のアタマの中でなんの思い出と結びついてるんだろう？　曲名はなんだっけと私は考え、思い出すことをすぐに諦《あきら》めてお母さんの作ってくれたお弁当の卵焼きを食べる。甘くておいしい。味覚を中心にして幸せだなーというう気持ちがじんわりと広がってくる。私はユッコとサキちゃんの三人で机を寄せあって昼ご飯を食べていて、ふたりはさっきからずっと進路について話している。

「佐々木《さ さ き》さん、東京の大学受けるらしいよ」

「佐々木さんってキョウコのこと？」

「違う違う、一組の」

「ああ、文芸部の佐々木さんね。さすがだなー」

一組と聞いて、私はちょっと緊張する。遠野くんのクラスだ。私の高校は一学年三クラスで、一組と二組が普通科、その中でも一組は進学を希望する人たちが集まっている。三組は商業科で、卒業後は専門学校に行くか就職する人が多く、島に残る人もいちばん多い。私は三組だ。まだ訊《き》いたことはないけれど、遠野くんはたぶん大学に進学するのだと思う。彼は東京に戻りたいんじゃないかとなんとなく感じる。そんなふうに考えると、卵焼きの味が急に消えてしまったような気がする。

「花苗は？」ふいにユッコに訊かれ、私は言葉に詰まってしまう。

「就職だっけ？」とサキちゃんが続けて訊く。うーん……と言葉を濁してしまう。分からないのだ、自分でも。

「あんたホントなんも考えてないよね」と、呆《あき》れたようにサキちゃんが言う。「遠野くんのことだけね」とユッコ。「あいつゼッタイ東京に彼女いるよ」とサキちゃん。私は思わず本気で叫んでしまう。

「そんなぁ！」

ふふっ、とふたりが笑う。私の秘めたる想いは彼女たちにはバレバレなのだ。

「いいよもう。購買でヨーグルッペ買ってくる」とふくれたように言って、私は席を立つ。冗談めかしてはいるけれど、遠野貴樹東京彼女説は私には結構こたえるのだ。

「え！　あんたまた飲むの⁉　二つめじゃん」

「なんかノド渇くんだもん」

「さっすがサーフィン少女」

ふたりの軽口を受け流し、風が吹き込む廊下をひとりで歩きながら、私は壁にいくつも並んだ額縁になんとなく目をやる。発射台から打ち上がる瞬間の、盛大に煙を噴いているロケットの写真だ。〈H2ロケット4号機打ち上げ　平成8年8月17日10時53分〉〈H2ロケット6号機打ち上げ　平成9年11月28日6時27分〉……。打ち上げが成功するたびに、NASDAの人がやってきて勝手に額縁を置いていくという噂だ。

打ち上げは私も何度も見ている。白い煙を引いてどこまでも昇ってゆくロケットは、島のどこにいてもはっきりと見える。そういえばここ何年かは打ち上げを見ていない気がする。この島に来てまだ五年の遠野くんは、打ち上げを見たことがあるのだろうか。いつか一緒に見れたらいいな。初めてだとしたらちょっと感動する眺めだと思うし、ふたりだけでそんな体験ができたら、私たちの距離もちょっとは縮まるような気がする。ああ、でも高校生活はあと半年しかないのだし、その間に打ち上げはあるのだろうか。そうだ。そもそも私はそれまでに本当に波に乗れるようになるのだろうか。いつか私のサーフィンを遠野くんに見て欲しいけれど、カッコ悪い姿は絶対に見られたくないし、彼にはいつでも私のいちばん良いところだけを見ていて欲しいと思う。

――あと半年。いやいや、でもひょっとして遠野くんが卒業後も島に残るという可能性だってゼロじゃない。だとしたらチャンスはまだいくらでもあるんだわ、そしたら私の進路も島内就職で決まりだ。とはいえ彼のそういう姿は想像できないんだよなー、なんとなく島が似合わないもん、あの人。うーん。

……こんなふうに、私の悩みは遠野くんを中心にいつもぐるぐると巡ってしまう。いつまでも悩み続けているわけにはいかないんだということだけは分かっているのに。

だから私は、波に乗れたら遠野くんに告白すると、決めているのだ。

＊　＊　＊

午後七時十分。さっきまで大気中を満たしていたクマゼミの声が、いつのまにかヒグラシの声に変わっている。もうすこししたら今度はキリギリスの声に変わるだろう。あたりはもう薄暗いけれど、空にはまだ夕日の光が残っていて高い雲が金色に輝いている。じっと空を見上げていると、雲が西に流れているのが分かる。さっきまで海にいた時には風は逆向きでオンショア——沖から吹く風で波の形は良くない——だったのに、今ならもっと乗りやすい波になっているかもしれない。どちらにせよ立てる自信はないのだけれど。

校舎の陰から単車置き場の方を覗《のぞ》く。バイクはもう残りすくなく、校門付近には生徒の姿もない。もうどの部活も終わっている時間なのだ。私はつまり、放課後サーフィンをしてきた後にふたたび学校に戻ってきて、遠野くんが単車置き場に現れるのを校舎陰に隠れて待っているのだけれど（というふうにあらためて考えると我ながらちょっとコワイ）、もしかしたら今日はもう帰ってしまったのかもしれない。もうちょっと早く海から上がれば良かったかなあと思いつつ、あとすこしだけ待ってみようと思いなおす。

サーフィン問題、遠野くん問題、進路問題、これが目下の私の三大課題なわけだけれど、もちろん問題はこの三つだけではない。たとえば日に焼けた肌。私は決して地黒なわけではないのだけれど(たぶん)、どれだけ日焼け止めを塗り込んでも、私は同級生の誰よりもダントツにこんがりと日焼けしている。お姉ちゃんはサーフィンをやっているのだからあたりまえだと言うし、ユッコやサキちゃんも健康的で可愛いんじゃないのとか言ってくれるけれど、好きな男の子よりも色が黒いというのは何かが致命的な気がする。遠野くんの肌、色白できれいだし。

それからいまいち成長してくれない胸とか(お姉ちゃんの胸はなぜかでかい。同じDNAなのになんでだ)、壊滅的な数学の成績とか、私服のセンスのなさとか、あまりにも健康すぎてぜんぜん風邪をひけないとか(可愛げが足りない気がする)、その他いろいろ。問題山積みなのだ、我ながら。

悲劇的要素をカウントしていてもどうしようもないのだわと思い、もう一度ちらりと単車置き場を覗く。遠くから見間違えようのないシルエットが歩いてくるのが見える。やった！　待ってて正解だった、私ってばサスガの判断。素早く深呼吸して、さりげなく単車置き場に向かう。

「あれ、澄田。今帰り？」やっぱり優しい声。単車置き場の電灯に照らされて、だんだん彼の姿が見えてくる。すらりとした細身の体、すこし目にかかる長めの髪、いつもの落ち着いた足取り。

「うん……。遠野くんも？」声がちょっと震えているような気がする。あーもう、いいかげん慣れて欲しい私。

「ああ。じゃあさ、一緒に帰らない？」

——もし自分に犬みたいな尻尾《しっぽ》があったら、きっとぶんぶんと振ってしまっていたと思う。ああ、私は犬じゃなくて良かった、尻尾があったら全部の気持ちが彼に筒抜けだったと真剣に思って、そんなことしか考えられない自分に呆れて、それでも、遠野くんとの帰り道はひたすらに幸せなのだ。

　私たちはサトウキビ畑に挟まれた細い道を一列に並んで単車で走っている。前を走っている遠野くんの後ろ姿を見ながら、私はしみじみとその幸せを噛《か》みしめる。胸の奥が熱くて、サーフィンに失敗した時のように鼻の奥がすこしツンとする。幸せと悲しみは似ていると、理由も分からずに思う。

　最初から、遠野くんは他の男の子たちとは、どこかすこし違っていた。中学二年の春に彼は東京からこの種子島《たねがしま》に転校してきた。中二の始業式の日の彼の姿を、今でもはっきりと覚えている。黒板の前にまっすぐに立った見知らぬ男の子はぜんぜん気後れも緊張もしていないように見えて、端整な顔に穏やかな微笑を浮かべていた。

「遠野貴樹です。親の仕事の都合で三日前に東京から引っ越してきました。転校には慣れていますが、この島にはまだ慣れていません。よろしくお願いします」

　喋《しゃべ》る声は速くもなく遅くもなく淀《よど》みもなく落ち着いていて、しびれてしまうくらいきれいな標準語のアクセントだった。テレビの人みたいだった。私がもし彼の立場だったら――超大都会から超田舎（かつ孤島）に転校してきたら、あるいはその逆だったならば――きっと顔は真っ赤でアタマはまっ白、皆とは違うアクセントが気になってしどろもどろになっていたに違いない。それなのに同い年であるはずのこの人はどうしてこんなふうに、まるで目の前に誰もいないかのように緊張もせず、くっきりと喋ることができるのだろう。今までどんな生活をしてきて、黒い学生服に包まれたこの人の中にはいったい何があるのだろう――。これほど強く何かを知りたいと求めたことは人生で初めてで、私はもうその瞬間に、宿命的に恋に落ちていた。

それから私の人生は変わった。町も学校も現実も、彼の向こう側に見えた。授業中も放課後も海で犬の散歩をしている時でさえも、視界の隅っこでいつも彼を捜していた。一見クールで気取っているようにも見えた彼は実は気さくですぐにたくさんの友人を作り、しかも同性ばかりでかたまるようなガキっぽさは微塵《みじん》もなく、だから私もタイミングさえ合えば何度でも彼と話すことができた。

高校ではクラスこそ違ってしまったけれど、学校が同じなのは奇跡だった。とはいえこの島にはそれほどの選択肢はないし、彼の成績であればどの高校に行こうが進路は思いのままだったろうから、単に近くの学校を選んだだけなのかもしれないけれど。高校でも相変わらず私は彼のことが好きで、その気持ちは五年間まったく衰えることはなくむしろ日々すこしずつ強くなっていった。彼の特別なひとりになりたいという気持ちはもちろんあったけれど、でも正直、私は好きという気持ちを抱えているだけでもう精一杯だった。彼と付きあったその後の日々なんて一ミリも想像できなかった。学校であるいは町で、遠野くんの姿を見かけるたびに私は彼をもっと好きになっていってしまって、それが怖くて毎日が苦しくてでもそれが楽しくもあり、自分でもどうしようもないのだった。

夜七時三十分。帰り道にあるアイショップというコンビニで、私たちは買い物をする。遠野くんとは週に〇・七回くらい——つまり運の良い時は週に一回、運のない時は二週に一回くらいの割合で一緒に帰ることができるのだけれど、いつからかアイショップへの寄り道が定番のコースになった。コンビニといっても夜九時には閉まるし花の種とか近所のおばちゃんの作った土の付いた大根なんかも売っているようなお店なのだけれど、お菓子類の品揃えもなかなか充実している。有線放送では流行のJポップなんかがかかっている。天井にずらっと並んだ蛍光灯が、狭い店内を白っぽい光でこうこうと照らしている。

遠野くんが買うものはいつも決まっていて、デーリィコーヒーの紙パックを迷いなく選ぶ。私はいつも何を買うべきか迷ってしまう。つまり、どんなものを買えば可愛いと思われるのかという問題。彼と同じコーヒーじゃなんだか狙ってるみたいだし(実際狙ってるんだけど)、牛乳はちょっとガサツな気がするし、デーリィフルーツは黄色いパックが可愛いけれど味がちょっと好きじゃないし、デーリィ黒酢は本当は飲んでみたいけれどなんかワイルドすぎるし。

そんなふうに私がぐずぐずと迷っているうちに、「澄田、先行ってるよ」と言って遠野くんはレジに向かって行ってしまった。ああもう、せっかく隣にいたのに。私は慌てて、結局いつものデーリィヨーグルッペにしてしまう。今日これで何個目だっけ？　二時間目の後に購買で一個買って飲み、昼休みに二個飲んだから、これで四個目だ。私の体の二十分の一くらいはヨーグルッペでできてるんじゃないかと思ってしまう。

コンビニを出て角を曲がると、遠野くんが単車に寄りかかって携帯メールを打っている姿が見えて、私は思わずポストの陰に隠れてしまった。空はもう暗い濃紺で、風に流されている雲だけがまだかすかに赤く夕日の名残を映している。もうすぐ島は完全な夜になる。サトウキビの揺れる音と虫の音であたりは満ちている。どこかの家の夕食の匂いがする。暗くて彼の表情は見えない。携帯の液晶画面だけがくっきりと明るい。

私はつとめて明るい表情を作り、彼の方に歩いていく。私に気づいた彼はとても自然に携帯をポケットにしまい、「おかえり澄田。何買ったの？」と優しく話しかけてくれる。

「うん、迷ったんだけど結局ヨーグルッペ。実は今日これで四個目なんだ。すごいでしょ」

「え、うそ。そんなに好きなの？　そういえば澄田いつもそれだよね」

会話をしながら、私の意識は背負ったスポーツバッグに入っている自分の携帯電話に向かってしまう。遠野くんのメールの相手が私だったらいいのにと、もう何千回も願ったことをまた考えてしまう。でも彼のメールが私に届いたことはない。だから私も彼にメールは出せない。私は——と強く思う。せめて私だけは、この先の人生でどんな人とデートすることになろうとも、その人と一緒にいる時間は全力で相手のことだけを見ていよう。携帯なんか絶対に見ないようにしよう。この人は自分じゃない他の誰かのことを考えているなんていう不安を、相手に与えない人間になろう。

星の輝きはじめた夜空の下で、どうしようもなく好きな男の子と話しながら、私はなんだか泣きそうな気持ちになりながら強く決心をした。

2

今日は波が高くて数も多い。でも風はちょっとオンショア気味なので崩れた波が多い。午後五時四十分。放課後海に来てからもう何十セットもの波にアタックしているのに、やっぱり一つも乗れていない。もちろんスープ——崩れた後の白波には誰でも簡単に立てるけれど、私はきちんとピークから立ってフェイスを滑り降りたいのだ。

沖に向かって必死にパドルしながら、それでも私は海と空にほれぼれと見とれてしまう。今日は分厚い曇り空なのに、空はどうしてこんなにも高く見えるんだろう。海の色も、雲の厚さを映して刻一刻と変わる。パドリング中の目線の高さが数センチ違うだけで、その複雑な海面はがらりと表情を変える。早く立ちたい。一五四センチの高さから見た海はどんな表情を見せるのか知りたい。どんなに絵がうまい人間でも——と私は思う。今私の見ている海は絶対に絵には描ききれないだろう。写真でもダメ、ビデオでもきっとダメだ。今日の情報の授業で習った二十一世紀のハイビジョンは、横が千九百個くらいの光点で構成されていてそれはもうものすごく高精細だという。でもそれでもきっとぜんぜんダメ。目の前のこの風景が千九百×千イコールたった何百万かの点で表現しきれるわけがない。それで十分きれいだと、授業で喋《しゃべ》った先生もハイビジョンの発明者だか映画の制作者だかも本当に信じているのだろうか。そしてこんな風景の中にいる私自身も、きっと遠くから見たら美しく見えているに違いないと、私は祈るように思う。遠野くんに見て欲しいなと私は思い、それから引っ張り出されるように今日の学校での出来事を思い出す。

昼休み、いつものようにユッコとサキちゃんと一緒にお弁当を食べている時、三年三組の澄田花苗さん、と校内放送で呼び出された。生徒指導室まで来てください、と。理由は分かっていたけれど、私がその時思ったのは呼び出しを遠野くんに聞かれたかもしれないという恥ずかしさだった。それからお姉ちゃんにも。

がらんとした生徒指導室には、進路指導の伊藤《いとう》先生が座っていて、先生の目の前には一枚のプリントが置いてあった。私が仕方なく名前だけ書いて提出した進路調査用紙だ。開け放した窓の外からはいかにも夏！といったかんじに盛大にセミの鳴き声がするけれど、部屋の中はひんやりと涼しい。雲が速い速度で流れていて、日が射したり消えたりしている。東風だ。今日は波が多そうだなと考えながら、先生の向かいに座った。
「……あんなあ、学年でまだ決めとらんのは澄田だけやぞ」と、わざとらしくため息をついた後に伊藤先生は面倒くさそうに言う。
「すみません……」とだけ呟《つぶや》いて、でも続けるべき言葉が思い浮かばず、私は黙り込む。先生も黙っている。しばらく続く沈黙。
〈1～3の各項の該当するものに○印を記入してください〉
とかすれた文字が印字されたわら半紙を、私は仕方なくじっと見つめる。
1：大学進学（A：4年制大学　B：短期大学）
2：専門学校
3：就職（A：地域　B：職種）
大学の項にはさらに国公立か私立の選択肢があり、それに続いてずらーっと学部の名前が並んでいる。医、歯、薬、理、工、農、水産、商、文、法、経、外語、教育。短大と専門学校の項も同様。音楽、芸術、幼児教育、栄養、服飾、コンピュータ、医療・看護、調理、理容、観光、メディア、公務員……。文字を追うだけでくらくらする。そして就職の項には地域の選択肢があり、島内、鹿児島県内、九州、関西《かんさい》、関東、その他、と書かれている。

島内という文字と、関東という文字を私は交互に見つめる。――東京、と私は思う。行ったことはないし、行きたいと思ったこともそういえばない。私にとっての一九九九年現在の東京は、ギャング（！）がいるという渋谷《しぶや》、下着を売っているらしい女子高生、都内緊急二十四時！的な犯罪の横行、フジテレビの建物についている用途不明巨大銀ボールに代表されるような大袈裟《おおげさ》でばかでかいビル、そんなところだ。続いてブレザー姿の遠野くんがルーズソックスの色白茶髪の女子高生と手をつないで歩いている風景が思い浮かび、私は慌てて想像力をシャットダウンする。伊藤先生の大きなため息がふたたび聞こえてくる。

「のう、こう言っちゃあなんやけど、そねえに悩むようなことやなかろうが。お前の成績やと、専門か短大か就職。親御さんがええと言やあ九州の専門か短大、ダメだと言やあ鹿児島で就職。それでええやろが。だいたい澄田先生はなんて言うとるんか」

「いえ……」と私は小さく呟き、それからまた黙り込んでしまう。ぐるぐると感情が渦巻く。このヒトはなんでわざわざ私を放送で呼び出して、そのうえお姉ちゃんのことを持ち出すのだろう。なんであご鬚《ひげ》なんか生やしているんだろう。なんでサンダル履きなんだろう。とにかく早く昼休みが終わって欲しいと、私は祈る。

「澄田あ、黙っとったら分からんやろうが」

「はい……あの、すみません」

「今晩お姉さんとよう話し合え。俺からも言うとくから」

なぜこのヒトは、私の嫌がることばかりを的確に行えるのだろうと、私は心底不思議に思う。


沖に出ようとパドルしている私の前方に大きめの波が見える。しぶきを上げる白波がまるでローラーのように近づいてきて、私はぶつかる直前でボードを思い切り押し込み水中にもぐり、波をスルーする。やっぱり今日は波が多い。もっとアウトに出ようと、私は何度もドルフィンを繰り返す。

——ここじゃない、と私は思う。

ここじゃダメだ。もっともっと外へ。必死に腕を回す。水はどっしりと重い。ここじゃない、ここじゃない——まるで呪文《じゅもん》みたいに心の中で繰り返す。

そしてその言葉が遠野くんの姿にしっくりと重なることに、私はいきなり気づく。

時々こんな瞬間がある。波に向かっていると、まるで超能力者みたいに何かにはっきりと気づいてしまう時がある。放課後のコンビニの脇、誰もいない単車置き場、早朝の校舎裏、そういうところで誰かにメールを打っている遠野くんから、私には「ここじゃない」という叫びが聞こえる。そんなこと知ってるよ遠野くん。私だって同じなんだから。ここじゃないと思ってるのは遠野くんだけじゃないよ。遠野くん、遠野くん、遠野くん——そう繰り返しながら私は中途半端な体勢で波に持ち上げられ、それでも立ち上がろうとした瞬間に、一気に崩れた波と一緒に前のめりに海中に叩《たた》き込まれる。思わず海水を飲み込んでしまい、私は慌てて浮き上がってボードにしがみつき激しく咳《せ》き込む。鼻水と涙が滲《にじ》んできて、まるで本当に泣いているみたいな気持ちになる。

学校へと戻る車の中で、お姉ちゃんは進路の話題を持ち出さなかった。

夜七時四十五分。私はコンビニのドリンク売り場の前にしゃがみ込んでいる。今日はひとりだ。単車置き場の前でしばらく待ってみたのだけれど、遠野くんは現れなかった。何もかもツイていない一日。私は結局またヨーグルッペを買ってしまう。コンビニの脇に停めたバイクに寄りかかり、甘い液体を一気に飲み込み、ヘルメットをかぶり、バイクにまたがる。

　まだほんのりと明るさの残る西の地平線を横目で眺めながら、私は高台の脇道をバイクを走らせている。左手には眼下に町が一望できて、視界の隅の林越しには海岸線も見える。右手は畑を挟んでちょっとした丘になっている。わりと平坦《へいたん》なこの島の中ではこのあたりは眺めの良い場所で、遠野くんの帰り道でもある。ゆっくり走っていたら、もしかして後ろから追いついてきたりして。それともやっぱり先に行っちゃったのかしら。バイクのエンジンががるんと咳き込み、ほんのちょっとの間だけエンジンが止まり、何事もなかったかのように元に戻る。このカブもうお婆《ばあ》ちゃんだよなあ。「カブ大丈夫ー?」と呟いたところで、前方の道路脇に停められたバイクが目に入った。彼のバイクだ！　となぜか私ははじかれるように確信し、並べてバイクを停めた。

　ほとんど無意識のうちに、私は高台の斜面を登り始めていた。柔らかな夏草を踏みしめる感触。やばい。何やってるんだろう私。私ははっと冷静になる。近くで見たバイクはやっぱり遠野くんのだったけれど、私はこんなふうに彼のところに押しかけて一体何をしたいのだろうか。こんなふうに会わない方がいいに決まっているのだ。きっと私自身のために。それでも足は止まらず、大きな草の段差を踏み越えて拓《ひら》けた視界の向こうに、彼はいた。星空を背に高台の頂上に座り込んで、やっぱり携帯メールを打ちながら。

まるで私の心を揺らすためのように風がざーっと吹いてきて、私の髪と服を揺らし、あたりは草のさざめく音に満ちた。その音に呼応するように私の胸はどくどくと大きな音を立て始めて、私はそれを聞きたくなくてわざと大きな音を立てて斜面を登る。

「おーい、遠野くん！」

「あれ、澄田？　どうしたの、よく分かったね」すこし驚いたように、遠野くんが私に向かって大きな声で喋《しゃべ》ってくれる。

「へへへ……。遠野くんの単車があったから、来ちゃった！　いい？」と言いながら、私は早足で彼に向かう。こんなのはなんでもないことなのよ、と自分に言い聞かせながら。

「うん、そうか。嬉《うれ》しいよ。今日は単車置き場で会えなかったからさあ」

「あたしも！」とできるだけ元気に私は言って、スポーツバッグを肩から降ろしながら彼の隣に座り込む。嬉しい？　ホントなの遠野くん？　心臓がなんだかずきずきする。彼のいる場所に来た時は、いつもだ。ここじゃない、という言葉が一瞬だけ心をよぎる。西の地平線はいつのまにかすっかり闇に沈んでいる。

次第に強くなる風が、眼下に遠く広がる町のまばらな電灯をちらちらと瞬かせている。小さく見える学校にはまだいくつか明かりがついている。国道沿いの黄色い点滅信号の下を、車が一台走っている。町の体育施設にある巨大な白い風車が勢いよく回っている。雲の数は多く流れは速く、切れ間には天の川と夏の大三角形が見える。ベガ、アルタイル、デネブ。風は耳元で巻いてヒュウゥゥという音をたて、草と木とビニールハウスが揺れるザアッという音と盛大な虫の音とが混じり合っている。強く吹く風は私をだんだんと落ち着かせる。あたりは強い緑の匂いに満ちている。

そんな風景を眺めながら、私と遠野くんは隣り合って座っている。鼓動はもうずいぶん静まっていて、彼の肩の高さを間近で感じていられることが、私は素直に嬉しい。

「ねえ、遠野くんは受験？」

「うん、東京の大学受ける」

「東京……。そうか、そうだと思ったんだ」

「どうして？」

「遠くに行きたそうだもの、なんとなく」そう言いながら、あまり動揺していない自分に驚く。遠野くんの口から現実に東京行きを聞いたりなんかしたら目の前が真っ暗になるかと思っていたのに。すこしの沈黙の後、優しい声で彼が言う。

「……そうか。澄田は？」

「え、あたし？　あたし、明日《あした》のことも分からないのよね」呆《あき》れるよね遠野くん、と思いながら私は正直に話せてしまう。

「たぶん、誰だってそうだよ」

「え、うそ!?　遠野くんも？」

「もちろん」

「ぜんぜん迷いなんてないみたいに見える！」

「まさか」静かに笑いながら彼は続ける。「迷ってばかりなんだ、俺。できることをなんとかやってるだけ。余裕ないんだ」

どきどきする。すぐ隣にいる男の子がこんなことを考えているということ、それを私だけに言ってくれているということが、むしょうに嬉しくてどきどきする。

「……そっか。そうなんだ」

そう言って、私はちらっと彼の顔に目をやる。まっすぐに遠くの灯《あか》りを見つめている。遠野くんがまるで、無力で幼い子どもみたいに見える。私はこの人のことが好きなんだと、今さらながら強く思う。

——そうだ。いちばん大切ではっきりしていることは、これだ。私が彼を好きだというこ と。だから私は、彼の言葉からいろんな力をもらえてしまう。彼がこの世界にいてくれたことを、どこかの誰かに感謝したくてたまらなくなる。たとえば彼の両親、たとえば神さま。そして私はスポーツバッグから進路調査用紙を取り出して、折り始めた。いつのまにか風はすっかり凪《な》いでいて、草のざわめきも虫の音もずいぶん静かになっている。

「……それ、飛行機？」

「うん！」

できあがった紙飛行機を、私は町に向かって飛ばした。それは驚くくらい遠くまでまっすぐに飛んでいき、途中で急な風に吹き上げられ、空のずっと高いところで闇に紛れて見えなくなった。折り重なった雲の合間から、白い天の川がくっきりとのぞいていた。

あんたこんな時間まで何やってたのよ、風邪ひかないように早くお風呂《ふろ》入っちゃいなさいとお姉ちゃんにせき立てられ、私はざぶんと湯船につかった。お湯の中で、なんとなく二の腕をさする。私の二の腕は筋肉でかちかちに硬い。それに標準よりちょっと――だいぶ太い気がする。そして私は、ふわりとしたマシュマロのような柔らかい二の腕に憧《あこが》れている。でもこんなふうに自分のコンプレックスを目の当たりにしても、今の私はぜんぜん平気だ。体と同じくらい気持ちもぽかぽかしている。高台での会話が、遠野くんの落ち着いた声が、別れ際に彼が言ってくれた言葉が、まだ耳の奥に残っている気がする。その響きを思い出すとぞくぞくとした気持ち良さが全身に広がる。顔がにやけてくるのが自分でも分かる。なんかアブないなあ私はと思いつつ、思わず「遠野くん」、と小さく口に出してしまう。その名前は浴室に甘く反響し、やがて湯気に溶ける。なんか盛りだくさんの一日だったなーと、幸せに思い返す。

＊　　＊　　＊

私たちはあの後の帰り道、巨大なトレーラーがゆっくりと走っている光景に遭遇した。タイヤの大きさだけで私の背丈くらいある巨大な牽引車《けんいん》がプールほども長さのある白い箱を引っ張っていて、その箱には大きな文字で誇らしげに「NASDA／宇宙開発事業団」と書いてあった。そんなトレーラーが二台もあり、その前後を何台かの乗用車が挟み込んでいて、赤い誘導灯を持った人たちが一緒に歩いている。ロケットの運搬だ。話に聞いていただけで実際に見るのは初めてだったけれど、確かどこかの港まで船で運ばれてきたロケットを、こんなふうに慎重にゆっくりと、一晩かけて島の南端にある打ち上げ場まで運ぶのだ。

「時速五キロなんだって」と、以前どこかで聞いたトレーラーの運搬スピードのことを私は言い、遠野くんも「ああ」とかそんなふうにちょっと呆然《ぼうぜん》と答え、私たちはしばらくの間その運搬風景に見とれた。これは結構レアな光景なはずで、それをまさか遠野くんと一緒に見ることができるとは思ってもいなかった。

それからしばらくして雨が降り始めた。この季節にはよくある、バケツをひっくり返したような突然の土砂降りだった。私たちは慌ててバイクを走らせて家路を急いだ。私のヘッドライトに照らされた、雨にぐっしょりと濡《ぬ》れている遠野くんの背中は、以前よりすこしだけ近くに感じられた。私の家は彼の帰り道の途中にあり、一緒になった時はいつもそうするように、私たちは私の家の門の前で別れた。

「澄田」と別れ際にヘルメットのバイザーを上げながら彼は言った。雨はますます勢いを増していて、私の家からかすかに届く黄色い光がほんのりと彼の濡れた体を照らしていた。貼りついたシャツ越しに見える彼の体の線にドキドキする。私の体も同じように見えているのだろうということに、ドキドキする。

「今日はごめんな、ずぶ濡れにさせちゃったね」

「そんなそんなそんな！　遠野くんのせいじゃないよ、あたしが勝手に行ったんだもん」

「でも話せて良かった。じゃあまた明日な。風邪ひかないように気をつけて。おやすみ」

「うん。おやすみ遠野くん」

おやすみ遠野くん、と湯船の中で私は小さく呟《つぶや》く。


お風呂を出た後の夕食はシチューとモハミの唐揚げとカンパチのお刺身で、おいしくて私は三杯目のご飯をお母さんにお願いしてしまう。

「あんた本当によく食べるわね」と、ご飯をよそったお茶碗《ちゃわん》を私に渡しながらお母さんが言う。

「ご飯三杯も食べる女子高生なんて他にいないわよ」と、呆れたようにお姉ちゃん。

「だってお腹すくんだもん……。あ、ねえお姉ちゃん」モハミを口に入れながら私は言う。唐揚げにはあんがかかっている。もぐもぐ。おいしい。

「あのね、今日さ、伊藤先生になんか言われたでしょ」

「ああ、うん、何か言ってたわね」

「ごめんね、お姉ちゃん」

「謝ることないじゃない。ゆっくり決めればいいのよ」

「なに花苗、あんた何か怒られるようなことしたの」と、お姉ちゃんの湯飲みにお茶を足しながらお母さんが訊《き》く。

「たいしたことじゃないのよ。あの先生ちょっと神経質なの」となんでもないことのようにお姉ちゃんが答え、私はこの人がお姉ちゃんで良かったと、あらためて思った。


その晩、私は夢を見た。

カブを拾った時の夢だった。カブというのはホンダのバイクのことではなく、私の家で飼っている柴犬の名前だ。小六の時に私が海岸で拾った。お姉ちゃんのカブ（バイクの方）が羨《うらや》ましかった当時の私は、拾った犬にカブという名前を付けたのだ。

しかし夢の中での私は子どもではなく、今の十七歳の私だった。私は仔犬《こいぬ》のカブを抱き上げて、不思議な明るさに満ちている砂浜を歩いている。空を見上げるとしかしそこに太陽はなく、眩《まぶ》しいくらいの満天の星空だった。赤や緑や黄色、色とりどりの恒星が瞬き、全天を巨大な柱のような眩しい銀河が貫いている。こんな場所があったかしらと私は思う。ふと、ずっと遠くを誰かが歩いているのに気づく。その人影を私はよく知っているような気がする。

これからの私にとって、あの人はとても大切な存在になるに違いないと、いつのまにか子どもの姿になっている私は思う。

かつての私にとって、あの人はとても大切な存在だったと、いつのまにかお姉ちゃんと同じ年になっている私は思う。

目が覚めた時、私は夢の内容を忘れていた。

3

「お姉ちゃん、車の免許とったのいつ？」

「大学二年だったから、十九の時かな。福岡にいた時にね」

車の運転をしている時のお姉ちゃんは、我が姉ながら色っぽいなーと、私は思う。ハンドルに添えられた細い指先、朝日をきらきらと反射する長い黒髪、バックミラーをちらっと見る仕草や、ギアを変える時の手つき。開け放した窓から吹き込む風に乗って、姉の髪の匂いがかすかに届く。同じシャンプーを使っているはずなのに、私よりお姉ちゃんの方が良い匂いをさせているような気がする。私はなんとなく制服のスカートの裾《すそ》をひっぱる。

「ねえお姉ちゃん」と、私は運転席の横顔を見ながら言う。この人まつげ長いよなー。

「何年か前さ、うちに男の人連れてきたことがあったじゃない。キバヤシさんだっけ？」

「ああ、小林《こばやし》くんね」

「あの人どうなったの？　付きあってたんだよね」

「何よ急に」とすこし驚いたように姉は答える。「別れたわよ、ずっと前に」

「その人と結婚するつもりだったの？　そのコバヤシさんとさ」

「そう思ってた時期もあったよ。途中でやめたけどね」と懐かしそうに、笑いながら言う。

「ふーん……」

どうしてやめたの？　という質問を飲み込んで、私は別のことを訊く。

「悲しかった？」

「そりゃあね、何年か付きあっていた人だから。一緒に住んでたこともあったし」

左折して海岸に続く細い道へと入ると、朝日がまっすぐに差し込んでくる。雲一つない真っ青な空。お姉ちゃんは目を細めてサンバイザーを降ろす。そんな動作まで、私にはどこか色っぽく見える。

「でも今思えば、お互いにそれほど結婚願望があったわけでもなかったのよ。そうすると付きあってても気持ちの行き場がないの。行き場っていうか、共通の目的地みたいなね」

「うん」よく分からないまま私はうなずく。

「ひとりで行きたい場所と、ふたりで行きたい場所は別なのね。でもあの頃はそれを一致させなきゃって必死だったような気がするな」

「うん……」

行きたい場所——と私は心の中で繰り返す。なんとなく道端に目をやると、野生のテッポウユリとマリーゴールドがたっぷりと咲き誇っている。眩しい白と黄色、私のボディスーツと同じ色だ。キレイだな、花も偉いよなーと私は思う。

「どうしたのよ急に」と、お姉ちゃんが私の方を見て訊く。

「うーん……どうしたっていうか、別になんでもないんだけどさ」

そう言って、ずっと訊きたかったことを私は訊いた。

「ねえ、お姉ちゃんさ、高校の時カレシいた？」

姉はおかしそうに笑いながら、

「いなかったわよ。あんたと同じ」と答える。「花苗、高校生の時の私にそっくりよ」

遠野くんと一緒に帰ったあの雨の日から二週間が経ち、その間に台風が一つ島を通り過ぎた。サトウキビを揺らす風がかすかに冷気を孕《はら》み、空がほんのすこし高くなり、雲の輪郭が優しくなって、カブに乗る同級生の何人かが薄いジャンパーをはおるようになった。この二週間一度も遠野くんと一緒に帰ることは叶《かな》わず、私は相変わらず波に乗れていない。それでも最近は以前にも増して、サーフィンをすることがとても楽しい。

「ねえ、お姉ちゃん」

サーフボードに滑り止めのワックスを塗りながら、私は運転席で本を読んでいる姉に話しかけた。車はいつもの海岸そばの駐車場に停められていて、私はボディスーツに着替えている。午前六時三十分、学校に行くまでのこれから一時間、海に入っていられる。

「んー?」

「進路のことだけどさあ」

「うん」

私は扉を開け放したステップワゴンのトランクに腰掛けていて、お姉ちゃんとは背中向きで話す格好になっている。海のずっと沖の方に、大きな軍艦のような灰色の船が停泊しているのが見える。NASDAの船だ。

「今もまだどうしたらいいのかは分からないんだけど。でもいいの、あたしとりあえず決めたの」ワックスを塗り終わり、石鹸《せっけん》のようなその固まりを脇に置きながら、姉の言葉を待たずに私は続ける。

「一つずつできることからやるの。行ってくる！」

そう言って、私はボードを抱えて晴々とした気持ちで海へと駆け出す。——できることをなんとかやってるだけ、というあの日の遠野くんの言葉を思い出しながら。そうしていくしかないんだと、それでいいのだと、私ははっきりと思う。


空も海もおんなじ青で、私はまるでなんにもない空間に浮かんでいるような気持ちになる。もっと沖に出るためにパドリングとドルフィンスルーを繰り返しているうちに、だんだんと心と体の境界、体と海との境界がぼんやりとしてくる。沖に向かってパドルして、やってくる波の形と距離をほとんど無意識のうちに計り、無理だと判断したらボードごと体を水中に押し込んで波をスルーする。いけそうな波だと判断したらターンして波がやってくるのを待つ。やがてボードが波に持ち上げられる浮力を感じる。これから起こることに私はぞくぞくする。波のフェイスをボードが滑りはじめて、私は上半身を持ち上げ、両足でボードを踏みしめ、重心を上げる。立ち上がろうとする。視界がぐっと持ち上がり、世界がその秘密の輝きを一瞬だけ覗《のぞ》かせる。

そして次の瞬間、私は決まって波に飲み込まれる。

でもこの巨大な世界は私を拒否しているわけではないことを、私はもう知っている。離れて見れば——たとえばお姉ちゃんから見れば、私はこの輝く海に含まれている。だからふたたび、沖に向かってパドルしていく。何度もなんども繰り返す。そのうちに何も考えられなくなる。

そしてその朝、私は波の上に立った。ウソみたいに唐突に、文句のつけようもなく完璧《かんぺき》に。

たった十七年でもそれを人生と言って良いのなら、私の人生はこの瞬間のためにあったんだ、と思った。

＊　＊　＊

この曲は知っている。モーツァルトのセレナードだ。中一の音楽会でクラス合奏したことがあって、私は鍵盤《けんばん》ハーモニカ担当だった。ホースみたいなのをくわえて息を吐きながら弾く楽器で、自分の力で音を出しているという感覚が好きだった。あの頃、私の世界にはまだ遠野くんはいなかった。サーフィンもやっていなかったし、今思えばシンプルな世界だったよなーと思う。

セレナードは小さな夜の曲と書く。小夜曲《さよきょく》。小さな夜ってなんだろう、と私は思う。でも遠野くんと一緒の帰り道は、なんとなく小さな夜ってかんじがする。まるで私たちのために今日この曲がかかったみたい。なんかテンション上がる。遠野くん。今日こそは一緒に帰らなくちゃ。放課後は海に行かないで待ってようかなー。今日は六限目までしかないし、試験前だから部活動も短いだろうし。

「……なえ」

ん？

「花苗ってば、ねえ」

サキちゃんが私に話しかけている。十二時五十五分。今は昼休みで、教室のスピーカーからは小さな音でクラシック音楽が流れていて、私はサキちゃんとユッコと三人でいつものようにお弁当を広げている。

「あ、ごめん。なんか言った？」

「ぼーっとするのはいいけどさ、あんたゴハン口に入れたまま動き止まってたわよ」

とサキちゃんが言う。

「しかもなんかにこにこしてたよ」とユッコ。

私は慌てて、口の中に入ったゆで卵を嚙《か》みはじめる。もぐもぐ。おいしい。ごくん。

「ごめんごめん。なんの話？」

「佐々木さんがまた男から告白されたって話だったんだけど」

「あー。うん、あの人キレイだもんねえ」と言って、私はアスパラのベーコン巻きを口に入れる。お母さんのお弁当は本当においしい。

「ていうかさ、花苗、なんか今日ずっと嬉《うれ》しそうよね」とサキちゃん。

「うん。なんかちょっとコワイよ。遠野くんが見たらひくよ」とユッコ。

今日はふたりの軽口もぜんぜん気にならない。そお？　と私は受け流す。

「明らかにヘンだよねこの子」

「うん……。遠野くんとなんかあったの？」

私は余裕の返答として、「ふふーん」と意味ありげににやついた。正確にはこれからなんかあるんだけどね。

「えぇ、ウソ！」

ふたりは驚いて同時にハモる。そんなに驚くか。

私だっていつまでも片想いのままじゃないのだ。波に乗れた今日、私はとうとう、彼に好きだと伝えるんだ。

そう。波に乗れた今日言えなければ、この先も、きっと、ずっと言えない。

午後四時四十分。私は渡り廊下の途中にある女子トイレで鏡に向かっている。六限目が三時半に終わってから、私は海には行かずにずっと図書館で過ごした。勉強なんかは当然できるはずもなく、頬杖《ほおづえ》をついて窓の外の景色を眺めていた。トイレの中の空気はしんとしている。いつのまにか髪が伸びたな、と鏡を見ながら思う。後ろ髪がすこし肩にかかっている。中学の時まではもっと長かったのだけれど、高校に入ってサーフィンを始めたことをきっかけにばっさりと髪を切った。お姉ちゃんが先生をやっている高校に入ったからという理由も、きっとあった。髪が長くて美人なお姉ちゃんと比べられるのが恥ずかしかった。でももうこのまま伸ばそうかなと、なんとなく思う。

鏡に映った、日焼けして、頬を赤く上気させた私の顔。遠野くんの目に私はどう映っているのだろう。瞳《ひとみ》の大きさ、眉《まゆ》の形、鼻の高さ、唇のつや。背の高さや髪質や胸の大きさ。おなじみのかすかな失望を感じながら、それでも私は自分のパーツ一つひとつをチェックするようにじっと見てみる。歯並びでも爪の形でも、なんでもいいから――と私は願う。私のどこかが彼の好みでありますように、と。

午後五時三十分。単車置き場の奥、いつもの校舎裏に私は立っている。日差しはだいぶ西に傾いてきていて、校舎が落とす長い影が地面を光と影にぱっきりと二分している。私がいる場所はその境界、ぎりぎり影の中だ。空を見上げるとまだ明るく青いけれど、その青は昼間よりもすこしだけ色褪《いろあ》せて見える。さっきまで樹木に満ちていたクマゼミの声は静まり、今は足元の草むらからたくさんの虫の音が湧きあがっている。そしてその音に負けないくらい大きく、私の鼓動はどきんどきん鳴り続けている。体中をばたばたと血液が駆けめぐっているのが分かる。すこしでも気持ちを落ち着かせようと深呼吸するのだけれど、あまりにも緊張しすぎていて、私は時々息を吐くのを忘れてしまう。はっと気づいて大きく息を吐いて、そんな呼吸の不規則さに、鼓動は余計に激しくなる。――今日、言えなければ。今日、言わなければ。ほとんど無意識のうちに何度もなんども、壁から単車置き場を覗きこんでしまう。

だから遠野くんから「澄田」と声をかけられた時も、感じたのは嬉しさよりも戸惑いと焦りだった。思わずきゃっと声が出そうになったのを必死に飲み込んだ。

「今帰り？」壁から覗きこんでいる私に気づいた遠野くんが、いつもの落ち着いた足取りで単車置き場から近づいてくる。私は悪事が見つかったような気持ちで単車置き場へと足を踏み出しながら、「うん」と返事をする。――そうか。じゃ、一緒に帰ろうよ。いつもの優しい声で、彼が言う。

午後六時。コンビニのドリンク売り場に並んで立っている私たちを、西向きの窓からまっすぐに差し込んだ夕日が照らしている。いつもは暗くなってから来るコンビニだから、まるで違う店にいるような不安な気持ちになる。夕日の熱さを左頬に感じながら、小夜曲じゃなかったな、と私は思う。外はまだ明るい。私の今日の買い物は決まっている。遠野くんと同じデーリィコーヒー。迷いなくその紙パックを手に取った私に、遠野くんは驚いたように言う。あれ、澄田、今日はもう決まり？　私は彼の方を見ずに、うん、と返事をする。好きって言わなきゃ。家に着いてしまう前に。ずっと心臓が跳ねている。店内に流れているポップスが私の鼓動を消してくれていますようにと、願う。

コンビニの外も、世界は夕日によって光と影に塗り分けられていた。自動ドアから出たところは光の中。コンビニの角を曲がって、単車が置いてある小さな駐車場は影の中だ。紙パックを片手に影の世界に入っていく遠野くんの背中を私は見ている。白いシャツに包まれた、私より広い背中。それを見ているだけで心がじんじんと痛む。強く強く焦がれる。歩いている彼までの四十センチくらいの距離が、ふいに五センチくらい余分に離れる。突然激しい寂しさが湧きあがる。待って。と思い、とっさに手を伸ばしてシャツの裾《すそ》をつかんだ。しまった。でも、今、好きだと言うんだ。

彼が立ち止まる。たっぷりと時間をおいて、ゆっくりと私を振り返る。――ここじゃない、という彼の言葉が聞こえたような気がして、私はぞくっとする。

「――どうしたの？」

私の中のずっと深い場所が、もう一度、ぞくっと震えた。ただただ静かで、優しくて、冷たい声。思わず彼の顔をじっと見つめてしまう。にこりともしていない顔。ものすごく強い意志に満ちた、静かな目。

結局、何も、言えるわけがなかった。

何も言うなという、強い拒絶だった。

＊　＊　＊

キチキチキチ……というヒグラシの鳴き声が島中の大気に反響している。ずっと遠くの林からは、夜を迎える準備をしている鳥たちの甲高い声が小さく聞こえる。太陽はまだぎりぎり沈んでいなくて、帰り道の私たちを複雑な紫色に染めている。

私と遠野くんは、サトウキビとカライモ畑に挟まれた細い道を歩いている。さっきから、私たちはずっと無言だ。規則的なふたりぶんの硬い靴音。私と彼との間は一歩半ぶんくらい離れていて、離れないように近づきすぎないように私は必死だ。彼の歩幅が広い。もしかして怒っているのかもしれないと思ってちらりと顔を見たけれど、いつもの表情でただ空を見ているように見える。私は顔を伏せ、自分の足がアスファルトに落とす影を見つめる。コンビニに置いてきたバイクのことをちらっと思い出す。捨ててきたわけじゃないのに、自分が残酷なことをしてしまったような後悔に似た気持ちがある。

好きという言葉を飲み込んだ後、まるで私の気持ちに連動するみたいに、カブのエンジンがかからなくなってしまった。スターターを押してもキックでかけようとしても、うんともすんとも言わない。コンビニの駐車場でバイクにまたがったまま焦る私に遠野くんはやっぱり優しく、私はさっきの彼の冷たい顔がまるでウソみたいに思えて、なんだか混乱してしまう。

「たぶん、スパークプラグの寿命なんじゃないのかな」と、私のカブを一通り触った後に遠野くんは言った。「これお下がり？」

「うん、お姉ちゃんの」

「加速で息継ぎしてなかった？」

「してたかも……」そういえばここ最近、時々エンジンがかかりにくいことがあった。

「今日はここに置かせてもらって、後で家の人に取りに来てもらいなよ。今日は歩こう」

「えぇ！　あたしひとりで歩くよ！　遠野くんは先帰って」私は焦って言う。迷惑なんてかけたくない。それなのに、彼は優しく言う。

「ここまでくれば近いから。それにちょっと、歩きたいんだ」

私はわけも分からず泣きたい気持ちになる。ベンチに二つ並んだデーリィコーヒーの紙パックを見る。彼の拒絶と感じたのは私の勘違いだったんじゃないかと一瞬思う。でも。

勘違いなわけない。

なぜ私たちはずっと黙って歩き続けているのだろう。一緒に帰ろうと言ってくれるのはいつも遠野くんからなのに。なぜあなたは何も言わないいんだろう。なぜあなたはいつも優しいのだろう。なぜあなたが私の前に現れたのだろう。なぜ私はこんなにもあなたが好きなのだろう。なぜ。なぜ。

夕日にキラキラしているアスファルト、そこを必死に歩く私の足元がだんだんと滲《にじ》んでくる。――お願い。遠野くん、お願い。もう私は我慢することができない。だめ。涙が両目からこぼれ落ちる。両手でぬぐってもぬぐっても涙が溢《あふ》れる。彼に気づかれる前に泣きやまなくちゃ。私は必死に嗚咽《おえつ》を抑える。でも、きっと彼は気づく。そして優しい言葉をかける。ほら。

「……澄田！　どうしたの⁉」

ごめん。きっとあなたは悪くないのに。私はなんとか言葉をつなごうとする。

「ごめん……なんでもないの。ごめんね……」

立ち止まって、顔を伏せて、私は泣き続けてしまう。もう止めることができない。澄田、という遠野くんの悲しげな呟《つぶや》きが聞こえる。今までいちばん、感情のこもった彼の言葉。それが悲しい響きだということが、私にはとても悲しい。ヒグラシの声はさっきよりずっと大きく大気を満たしている。私の心が叫んでいる。遠野くん。遠野くん。お願いだから、どうか。もう。

——優しくしないで。

その瞬間、ヒグラシの鳴き声がまるで潮が引くみたいに、すっと止んだ。島中が静寂に包まれたように、私は感じた。

そして次の瞬間、轟音《ごうおん》に大気が震えた。驚いて顔を上げた私の滲んだ視界に、遠くの丘から持ち上がる火球が見えた。

それは打ち上げられたロケットだった。噴射口からの光が眩《まぶ》しく視界を覆い、それは上昇を始めた。島全体の空気を震わせながら、ロケットの炎は夕暮れの雲を太陽よりも明るく光らせ、まっすぐに昇っていく。その光に続いて白い煙の塔がどこまでも立ち上がっていく。巨大な煙の塔に夕日が遮られ、空が光と影とに大きく塗り分けられてゆく。どこまでもどこまでも光と塔は伸びていく。それは遥《はる》か上空まで満遍なく大気の粒子を振動させ、まるで切り裂かれた空の悲鳴のように、残響が細く長くたなびく。

ロケットが雲間に消えて見えなくなるまで、たぶん、数十秒ほどの出来事だったのだと思う。

でも私と遠野くんは一言も発せずに、そびえ立った煙の巨塔がすっかり風に溶けてしまうまで、いつまでも立ちつくしてずっと空を見つめていた。やがてゆっくりと鳥と虫と風の音が戻ってきて、気がつけば夕日は地平線の向こうに沈んでいる。空の青は上の方からだんだんと濃さを増し、星がすこしずつ瞬きだして、肌の感じる温度がすこしだけ下がる。そして私は突然に、はっきりと気づく。

私たちは同じ空を見ながら、別々のものを見ているということに。遠野くんは私を見てなんかいないんだということに。

遠野くんは優しいけれど。とても優しくていつも隣を歩いてくれているけれど、遠野くんはいつも私のずっと向こう、もっとずっと遠くの何かを見ている。私が遠野くんに望むことはきっと叶《かな》わない。まるで超能力者みたいに今ははっきりと分かる。私たちはこの先もずっと一緒にいることはできないと、はっきりと分かる。

＊　＊　＊

帰り道の夜空にはまんまるいお月さまがかかっていて、風に流れる雲をまるで昼間のようにくっきりと、青白く照らし出していた。アスファルトには私と彼のふたりぶんの影が黒々と落ちている。見上げると電線が満月の真ん中を横切っていて、なんだかまるで今日という日のようだ、と私は思う。波に乗れる前の私と、乗れた後の私。遠野くんの心を知る前の私と、知った後の私。昨日と明日《あした》では、私の世界はもう決して同じではない。私は明日から、今までとは別の世界で生きていく。それでも。

それでも、と私は思う。電気を消した部屋の中で布団にくるまりながら。暗闇の中で、部屋に差し込んだ水たまりみたいな月明かりを見つめながら。ふたたび溢れはじめた涙が、月の光をじんわりと滲ませはじめる。涙は次から次へと湧きつづけて、私は声を立てて泣きはじめる。涙も鼻水も盛大にたらして、もう我慢なんかせずに、思い切り大きな声を上げて。

それでも。

それでも、明日も明後日《あさって》もその先も、私は遠野くんが好き。やっぱりどうしようもなく、遠野くんのことが好き。遠野くん、遠野くん。私はあなたが好き。

遠野くんのことだけを思いながら、泣きながら、私は眠った。

第三話「秒速5センチメートル」

1

その晩、彼女は夢を見た。

ずっと昔の夢。彼女も彼もまだ子どもだった。音もなく雪が降る静かな夜で、そこはいちめんの雪に覆われた広い田園で、人家の灯《あか》りはずっと遠くにまばらに見えるだけで、降り積もる新雪にはふたりの歩いてきた足跡しかなかった。

そこに一本だけ、大きな桜の樹が立っていた。それは周囲の闇よりもなお濃く暗く、空間に唐突に開いた深い穴のように見えた。ふたりはその前に立ちすくんだ。どこまでも暗い幹と枝と、その間からゆっくりと落ちてくる無数の雪を見つめながら、彼女はその先の人生を想っていた。

隣にいる、今まで彼女を支えてくれた大好きな男の子が遠くに行ってしまうことを、彼女はもう十分に覚悟し納得もしていた。数週間前に彼からの手紙で転校について聞かされた時から、それが意味することを繰り返し繰り返し、彼女は考えてきた。それでも。

それでも、隣に立っている彼の肩の高さを、その優しい気配を失ってしまうことを考えると、底知れぬ闇を覗《のぞ》き込んでしまった時のような不安と寂しさが、彼女を包んだ。それはもうずっと昔に過ぎ去ってしまった感情だったはずなのにと、夢を見ている彼女は思う。でもまるでできたての気持ちのように鮮やかに、それはここにある。

——だから、この雪が桜であってくれればいいのにと、彼女は思った。

今が春であってくれればいいのに。私たちはふたりで無事にあの冬を越え春を迎えて、同じ町に住んでいて、いつもの帰り道にこうやって桜を見ている。今がそういう時間であってくれればいいのに、と。

ある夜、彼は部屋で本を読んでいた。

日付が変わる頃に床に就いたのだが上手《うま》く眠ることができず、諦《あきら》めて床に積まれた本から適当な一冊を引っぱり出し、缶ビールを飲みながらの読書だった。

寒くて、静かな夜だった。BGM代わりにテレビをつけて、深夜放送の洋画を小さなボリュームで流した。半分開いたカーテンの向こうには、数え切れない街の灯りと降り続く雪が見えた。その日の昼過ぎから降り始めた雪は、時折雨に変わり、また雪に変わり、しかし日が沈んでからは雪は次第に粒の大きさを増し、そのうちに本格的な降雪となっていた。

読書に集中できないような気がして、彼はテレビを消した。すると今度は静かすぎた。終電は終わっていたし、車の音も風の音も聞こえず、壁を隔てた外界に降る雪の気配を、彼ははっきりと感じることができた。

ふいに、何かあたたかなものから守られているという、どこか懐かしい感覚が蘇《よみがえ》った。そう感じた理由を考えているうちに、ずっと昔に見た冬の桜の樹のことを思い出した。

……あれは何年前だろう？　中学一年の終わりだったから、もう十五年も前だ。

眠気はいっこうに訪れる気配はなく、彼はため息をついて本を閉じ、缶の底に残ったビールをひとくちで飲んだ。

三週間前に五年近く勤めた会社を辞め、次の就職先のあてもなく、毎日を何をするでもなくぼんやりと過ごしている。それなのに、心はここ数年になく穏やかに凪《な》いでいた。

……いったい俺はどうしてしまったんだろう、と彼は胸のうちで呟《つぶや》きながら炬燵《こたつ》から立ち上がり、壁に掛けてあるコートをはおり（その横にはまだスーツが掛けたままになっている）、玄関で靴を履きビニール傘を持って外に出た。傘にあたる雪のひそやかな音を聞きながら、近所のコンビニエンスストアまで五分ほどゆっくり歩いた。

牛乳や総菜を入れたカゴを足元に置き、マガジンラックの前ですこし迷ってから、彼は月刊のサイエンス誌を手に取ってぱらぱらと眺めた。高校生の頃は熱心に読んでいた雑誌で、手に取るのは数年ぶりだった。後退し続ける南極の氷の記事があり、銀河間の重力干渉の記事があり、新しい素粒子が発見されたという記事があり、ナノ粒子と自然環境との相互作用の記事があった。世界が今でも発見と冒険に満ちていることに軽い驚きを覚えながら、記事に目を滑らせる。

ふと、ずっと昔にもこんな気持ちになったことがあるという既視感にみまわれ、ひと呼吸のち、ああ、音楽だ、と気づいた。

店内の有線放送から、かつて――たぶん自分がまだ中学生だった頃に――繰り返し耳にしたヒットソングが流れていた。懐かしいメロディを聴きながらサイエンス誌に書かれた世界の断片を目で追ううちに、ずっと昔に忘れたと思っていた様々な感情が胸を撫《な》でてあげるように湧きたち、それが通り過ぎた後もしばらくの間、心の表面はゆるやかに波立っていた。

店を出た後も、胸の内側がまだすこし熱かった。そこが心のありかだということを、とても久しぶりに感じているような気がする。

切れ間なく空から降りてくる雪を見ながら、それがやがて桜に変わる季節のことを、彼は想った。

2

遠野貴樹《たかき》は種子島の高校を卒業した後、大学進学のために上京した。通学に便利なように、池袋《いけぶくろ》駅から徒歩で三十分ほどの場所に小さなアパートを借りて住んだ。彼は八歳から十三歳までを東京で過ごしたが、当時実家のあった世田谷区あたりしか記憶にはなく、それ以外の東京は知らない土地も同然だった。彼が思春期を過ごした小さな島の人々に比べ、東京の人々は粗野で無関心で言葉遣いは乱暴であるように彼には思えた。人々は路上に平気で痰《たん》を吐き、道端には煙草の吸い殻や細々としたゴミが無数に落ちていた。なぜ路上にペットボトルや雑誌やコンビニ弁当の容器が落ちていなければならないのか、彼にはわけが分からなかった。彼の覚えていた頃の東京はもっと穏やかで上品な街であったような気がした。

でもまあいい。

とにかくこれからここで生きていくんだ、と彼は思う。転校を二度経験し、新しい場所に自分を馴染《なじ》ませる方法を彼は学んでいた。それにもう、自分は無力な子どもではない。ずっと昔、父親の転勤のために長野から東京に来た時に感じた強い不安を、今でもよく覚えていた。両親に手を引かれ、大宮から新宿へ向かう電車の中で見た景色は、今まで馴染んできた山間《やまあい》の風景とはまるで異なっていた。自分の住むべき場所ではないような気がした。しかし数年後、場所から拒絶されているというその感覚を、東京から種子島に転校した時にもやはり感じた。プロペラ機で島の小さな空港に降り立ち、父の運転する車から畑と草原と電柱しかない道を眺めた時、感じたのは東京への強烈な郷愁だった。

結局、どこでも同じなのだ。それに今度こそ、僕は自分の意志でここに来たのだ。まだ荷ほどきしていない段ボールが積み重なった小さな部屋で、窓の外に折り重なる東京の街並みを眺めながら、彼は思った。

四年間の大学生活について語るべきことはあまりないように、彼は思う。理学部の授業は忙しくかなりの時間を勉強に割かなければならなかったが、しかし必要な時間以外は大学へはあまり行かずに、アルバイトをしたりひとりで映画を観たり街を歩き回ったりすることに時間を閲《けみ》した。大学に行くためにアパートを出た日も、状況が許せば時々大学を素通りし、池袋駅に向かう途中の小さな公園で本を読んで過ごした。公園を横切る人の数と多様さに最初のうちこそくらくらするような目眩《めまい》を覚えはしたが、じきにそれにも慣れた。学校とアルバイト先に何人かの友人を得て、たいていの人間とは時間を経るうちに自然に交遊が途絶えたが、数すくない数人とはより親密な友人関係を築くことができた。自分や友人の部屋に二、三人で集まり、安い酒を飲み煙草を吸いながら夜を徹して様々なことを話した。四年かけていくつかの価値観がゆっくりと変化し、いくつかの価値観はより強固なものとなった。

大学一年の秋に恋人ができた。アルバイトを通じて知り合った、同じ歳の横浜《よこはま》の実家に住む女の子だった。

その頃、彼は大学生協で昼休みに弁当の売り子のアルバイトをしていた。なるべく学外にアルバイトを求めたいと思ってはいたが授業が忙しく、昼休みの時間をわずかながらも金銭に換えることのできる生協での仕事は都合が良かった。二時限目が十二時十分に終わると走って学食に向かい、倉庫から弁当の入ったカートを引っ張り出して売り場に運ぶ。売り子は彼を含めてふたりで、百個ほどの弁当はたいていい三十分程度で売り切れる。三時限目の始まるまでの残り十五分ほどで、売り子ふたりで学食のテーブルの隅に座って慌ただしく昼食を食べる。そういう仕事を三ヵ月ほど行った。その時の売り子のペアが、横浜の女の子だった。

彼にとって、彼女は初めて付きあった女性だった。実に様々なことを、彼は彼女から教えられた。今まで決して知らなかった喜びや苦しみが、彼女と過ごした日々にはあった。初めて寝たのもその子だった。人間とはこれほど多くの感情を——それは自分でコントロールできるものとできないものがあったが、できないものの方がずっと多かったし、嫉妬《しっと》も愛情も決して彼の意志通りにはならなかった——抱えて生きているのだということを、彼は知った。

その子との付きあいは一年半ほど続いた。彼の知らない男が彼女に告白をしたことが、終わるきっかけだった。

「あたしは遠野くんのことが今でもすごく好きだけど、遠野くんはそれほどあたしを好きじゃないんだよ。そういうの分かっちゃうし、もう辛《つら》いの」そう言って、彼女は腕の中で泣いた。そんなことはない、と彼は言いたかったが、彼女にそう思わせてしまう自分に責任があるのだとも思った。だから諦《あきら》めた。本当に心が痛む時は肉体まで強く痛むのだということを、初めて知った。

彼女について彼が今でも強く覚えているのは、まだ付きあうことになる前、弁当を売り終えて学食のテーブルに座りふたりで急いで昼食を食べている時の姿だ。彼はいつも賄いの弁当を食べたが、彼女は常に小さな手作りの弁当を家から持ってきていた。バイトのエプロン姿のまま、とても丁寧に最後の米一粒まできちんと嚙《か》みしめて食べていた。彼の弁当に比べると半分ほどの量しかなかったのに、食べ終わるのはいつも彼女が後だった。そのことを彼がからかうと、彼女は怒ったように言ったものだ。

「遠野くんこそもっとゆっくり食べなさいよ。もったいないじゃない」

それがふたりで過ごす学食での時間のことを指していたのだと気づいたのは、ずっと後になってからだった。


次に付きあうことになった女性とも、やはりアルバイトを通じて知り合った。大学三年の頃で、彼は塾講師のアシスタントのアルバイトをしていた。週に四日、彼は大学の授業が終わると池袋駅まで急ぎ、山手線で高田馬場《たかだのばば》まで行き、東西線《とうざい》に乗り換えて塾のある神楽坂《かぐらざか》に通った。そこは数学の講師がひとり、英語の講師がひとりの小さな塾で、アルバイトのアシスタントが彼を含めて五人いて、彼は数学講師のアシスタントだった。数学講師はまだ三十代半ばの若く人好きのする男で、都心に家と妻子を持ち気っ風《ぷ》が良く、仕事の面では非常に厳しくもあったが、確かに人気にそぐうだけの能力と魅力があった。その講師は大学受験のみに目的を絞り込んで矮小化《わいしょう》された数学を実に効率的に生徒に叩《たた》き込んでいたが、しかし同時に、その先にあるはずの純粋数学の意味と魅力を時折、巧みに授業に織り込んでいた。その講義のアシスタントをすることで、大学で学んでいる解析学の理解が深まりさえした。講師もなぜか彼のことを気に入り、学生アシスタントの中で彼だけには名簿管理や採点などの雑用はやらせず、塾テキストの草案作成や入試問題の傾向分析などの基幹業務の多くを任せた。また彼も能力の及ぶ限りそれに応《こた》えた。やりがいのある仕事で、給料も悪くなかった。

その女性は学生アシスタントのひとりで、早稲田《わせだ》の学生だった。そして彼の周囲にいる女性の中で抜きんでて美しかった。美しく長い髪で瞳《ひとみ》が驚くくらい大きく、背はさほど高くはないが抜群にスタイルが良く、女の子というよりは、動物として美しいと彼は思った。精悍《せいかん》な鹿とか、高空を飛ぶ鳥のような。

当然のように人気のある子で、生徒も講師もアルバイトの学生たちも機会を見つけては頻繁に彼女に話しかけていたが、彼は最初からなんとなく彼女を敬遠してしまっていた（——観賞用としては良いけれど、気軽に会話するには彼女はちょっと非現実的に美しすぎる）。しかしだからこそなのか、彼はそのうちに彼女のある種の傾向—

——極端な言い方をすれば、歪《ゆが》みのようなものに気づくことになった。

彼女は誰かから話しかけられれば実に魅力的な笑顔でそれに応えるが、必要がある時以外は決して自分から人に話しかけることがなかった。そして周囲の人間は彼女のその孤独な振る舞いにはまったく気づかずに、それどころかとても愛想の良い女性だとさえ思っているようだった。

「美人なのにそれを鼻にかけない謙虚で気さくな人」というのが彼女に対する周囲の評判で、彼はそれを不思議に思ったが、かといってそれを訂正して回る気にもならなかったし、その態度なり錯誤なりの理由を知りたいとも特に思わなかった。彼女が人と交わりたくないと思っているのならば、そうすればいいのだ。いろいろな人間がいるんだなと素朴に思ったし、それに誰だってたぶん、程度の差こそあれどこか歪んでいるのだ。それからあまり面倒なことに首を突っ込みたくないとも、彼は思っていた。

しかしその日、彼は彼女に話しかけざるを得なかった。十二月、クリスマス直前の寒い日だった。その日は数学講師が急用があるとかで帰宅してしまい、彼と彼女がふたりだけで塾に残りテキストの準備をすることになった。彼女の様子がおかしいと気づいたのは、ふたりだけになってから一時間近くも経ってからだ。問題作成に集中していた彼は、ふと奇妙な気配に気づき、顔を上げた。すると向かいの席に座っていた彼女がうつむいたまま小刻みに震えていた。瞳は手元の紙に向かって大きく見開いていたが、そこを見ていないのは明らかだった。額にびっしりと汗をかいていた。彼は驚いて声をかけたが、返事がないので立ち上がって彼女の肩を揺すった。

「ねえ、坂口《さかぐち》さん！　どうしたの、大丈夫？」

「……すり」

「え？」

「くすり。飲むから、飲みもの」と、奇妙に平坦《へいたん》な声で彼女は言った。彼は慌てて部屋を出て、塾の廊下に設置されていた自動販売機でお茶を買い、プルタブを開けて彼女に差し出した。彼女は震える手で足元のバッグから錠剤のシートを取り出して、「みっつ」と言う。彼は黄色い小さな錠剤を三つシートから剝《は》がし、彼女の口に差し入れ、お茶を飲ませた。指先に触れた彼女のつややかな唇が驚くくらい熱かった。


彼とその女性が付きあったのは三ヵ月ほどの短い間だった。それでも、決して忘れることのできない深い傷のようなものを、彼女は彼に残した。そしてその傷は、きっと彼女にも残ってしまったのだろうと彼は思う。あれほど急激に誰かを好きになってしまったことも、同じ相手をあれほど深く憎んでしまったことも、初めてだった。お互いにどうすればもっと愛してもらえるのかだけを必死に考える二ヵ月があり、どうすれば相手を決定的に傷つけることができるのかだけを考えた一ヵ月があった。信じられないような幸せと恍惚《こうこつ》の日々の後に、誰にも相談できないような酷《ひど》い日々が続いた。決して口にしてはいけなかった言葉をお互いに投げつけた。

——でも。不思議なものだなと、彼は思う。あれほどのことがあったはずなのに、彼女の姿で最も記憶に残っているのは、やはりまだふたりが付きあう前の十二月のあの日だ。

あの冬の日、薬を飲んでしばらくすると、彼女の顔は目に見えて生気を取り戻していった。その様子を彼は息を呑《の》んで、とても不思議で貴い現象を目にするように眺めた。まるで世界に一房しかない、誰も目にしたことのない花が開くさまを見ているようだった。ずっと昔に、同じように世界の秘密の瞬間を目にしたことがあったような気がした。このような存在をもう二度と失ってはならないと、強く思った。彼女が数学講師と付きあっていようと、そんなことはまるで関係がなかった。

＊　＊　＊

彼が遅い就職活動を始めたのは、大学四年の夏だった。彼女と三月に別れてから人前に出る気持ちになるまでに、結果的にそれだけかかった。親切な指導教授の熱心な働きかけもあって、秋にはなんとか就職が決まった。それが本当に自分のやりたい仕事か、やるべき仕事かどうかは皆目分からなかったが、それでも働く必要があった。研究者として大学に残るよりも、違う世界を目にしてみたかった。もう十分、同じ場所に留《とど》まったのだから。

大学の卒業式を終え、荷物を段ボールに詰めたせいでがらんとした部屋に戻った。東に面した台所の小さな窓の向こうには、古い木造の建物の奥に夕日に染まったサンシャインの高層ビルがそびえていた。南に面した窓からは、雑居ビルの隙間に新宿の高層ビル群が小さく見える。それらの二百メートルを超える建築物は、時間帯や天候によって様々な表情を見せた。山脈の峰に最初に日の出が訪れるように、高層ビルは朝日の最初の光を反射して輝いたし、しけった海に見える遠くの岸壁のように、ビルたちは雨の日の大気に淡く姿を滲《にじ》ませた。そういう景色を彼は四年間、様々な想いとともに眺めてきた。

窓の外にはやがて闇が降りはじめ、地上の街は無数の光を灯《とも》して誇らしげに輝き出す。段ボールの上に置かれた灰皿を引き寄せ、ポケットから煙草を取り出し、ライターで火をつけた。畳にあぐらをかいて座り、煙を吐き出しながら、厚い大気を通じてチラチラと瞬く光の群れを見つめる。

自分はこの街で生きていくのだと、彼は思った。

3

彼が就職したのは、三鷹《みたか》にある中堅のソフトウェア開発企業だった。ＳＥと呼ばれる職種だ。配属されたのはモバイルソリューションの部署で、通信キャリアや端末メーカーが主なクライアントで、彼は小さなチームで携帯電話をはじめとする携帯情報端末のソフトウェア開発を担当した。

仕事に就いてみて初めて分かったことだが、プログラマという仕事は彼にはとても向いていた。それは孤独で忍耐と集中力を必要とする仕事だったが、費やした労力は決して裏切られることがなかった。記述したコードが思惑通り動かない時は、原因はいつでも疑いなく自分自身にあるのだ。思索と内省を積み重ね、確実に動作する何か——何千行にも及ぶコード——を創りだすことは、今までにない喜びを彼に与えた。仕事は忙しく、帰宅はほとんど例外なく深夜で、休日は月に五日もあれば良い方だったが、それでもコンピュータの前に何時間座っていても彼は飽きなかった。白を基調とした清潔なオフィスの、パーティションで区切られた自分だけのスペースで、来る日も来る日も彼はキーボードを叩《たた》いた。

それがこの職種によくあることなのか、それとも彼の就職した会社がたまたまそうだったのかは分からないが、社員同士の仕事以外での交流はほとんどなかった。仕事が終わってから飲みに行くような習慣はどのチームにもなかったし、昼食はそれぞれが自分の座席でコンビニ弁当を食べていたし、出社時と退社時の互いの挨拶《あいさつ》さえなく、会議の時間は最小限で必要なやりとりのほとんどは社内メールだった。広いオフィスには常にキーボードを叩くカタカタという音だけが満ちていて、フロアに百人以上いるはずの人間の気配は限りなく希薄だった。最初は大学での人間関係とのあまりの違いに戸惑ったが――あの頃の誰かとの関係はつまるところ際限のない無駄話だったし、理由もないのに皆よく酒を飲んでいた――、すぐにそのような寡黙な環境にも慣れた。それに彼はもともと口数の多い方でもなかった。

仕事を終えると、彼は三鷹駅から終電間近の中央線に乗り、新宿で降りて中野坂上《さかうえ》にある小さなマンションの一室まで帰った。どうしようもなく疲れている時にはタクシーを使ったが、たいていは三十分ほどの距離を歩いた。その部屋には大学卒業後に引っ越してきていた。会社のある三鷹の方が家賃の相場は安かったが、あまり会社に近すぎる住まいには抵抗があったし、何よりも池袋のアパートから小さく見えていた西新宿の高層ビル群に、あの眺めに、もっと近づいてみたいという気持ちが強かった。

だからかもしれない。彼が一日の中で最も好きな時間は、電車で荻窪《おぎくぼ》あたりを過ぎた頃、窓の向こうに西新宿の高層ビルが姿を現し、それが徐々に近づいてくるさまを眺めている時だ。東京行きの最終電車はぽつりぽつりと空席がある程度にすいていて、スーツに包まれた体には一日の労働の疲れと充実感が心地よく満ちている。雑居ビルの向こうに小さく見え隠れしていた高層ビルをじっと見つめていると、それはガタン、ガタンという電車の振動とともにやがて際立った存在として視界に立ち上がってくる。東京の夜空はいつでも奇妙に明るく、ビルは空を背に黒々としたシルエットだ。こんな時間にも、人が働いていることを示す黄色い窓の光が美しく灯っている。赤く点滅する航空障害灯は、まるで呼吸をしているよう。自分は今でも遠く美しい何かに向かって進んでいるのだと、それを見つめつつ彼は思うことができた。そういう時は、心の奥がすこし震えた。

そしてまた朝が来て、彼は会社に向かう。社屋のエントランスにある自動販売機で缶コーヒーを一本買い、タイムカードを押して、自分の席に座ってコンピュータの電源を入れる。OSが起動する間に缶コーヒーを飲みながら一日の作業予定を確認する。マウスを動かして必要なプログラムのいくつかを立ち上げ、指をキーボードのホームポジションに乗せる。目的に辿《たど》りつくためのアルゴリズムをいくつか考え、検討し、APIを叩き、プロシージャを組み立てる。マウスカーソルもエディタのキャレットも、自分の肉体にぴったりとよりそっている。APIの先にあるOS、その先にあるミドルウェア、そしてその先にあるはずの、シリコンのかたまりであるハードウェアの動作について、非現実的な電子の振る舞いについて、思いを馳《は》せる。

そのようにプログラムに熟練していくほどに、彼はコンピュータそのものについても畏敬《いけい》の念を抱くこととなった。すべての半導体技術を支える量子論への漠然とした知識はあったが、あらためて職業として日常的にコンピュータに接しそれを動作させることに慣れるほどに、自分の手にした道具の信じられないほどの複雑さ、それを可能にした人の所業に思いを馳せないわけにはいかなかった。それはほとんど神秘的だとさえ、彼は思った。宇宙を記述するために生まれた相対性理論があり、ナノスケールの振る舞いを記述する量子論があり、そしてそれらは来るべき大統一理論なり超弦理論なりでいつか統合されるのかもしれないと考えた時、コンピュータを扱うということ自体が何か世界の秘密に触れる行為であるかのように思えた。そしてその世界の秘密には、もうずっと昔に過ぎ去ってしまった夢や想い、好きだった場所や放課後に聴いた音楽、特別だった女の子との叶《かな》えることのできなかった約束、そういったものに繋《つな》がる通路が隠されているような――はっきりとした理由はないのだけれど、そんな気がした。だから何か大切なものを取り戻そうとするかのようなある種の切実さを持って、彼は仕事に深くのめり込んでいった。まるで孤独な演奏者が楽器と深く対話するように、彼はキーボードを静かに叩き続けた。

そのようにして、社会に出てからの数年は瞬く間に過ぎた。

最初のうち、それは久しぶりに訪れた獲得の日々であるように、彼には思えた。中学時代、自分の体が大人に向かって変化を続けたあの誇らしい感覚――筋肉や体力を日に日に身に纏《まと》い、病弱だった幼い体が刷新されていくあの懐かしい感覚を、プログラミング技術の向上は彼に思い起こさせた。そして彼の仕事は周囲の信頼を徐々に獲得し、それに応じて収入も上がった。彼は季節に一度ほどのペースで仕事のための新しいスーツを買い、休日にはひとりで部屋の掃除や本を読んで過ごし、半年に一度ほどは昔からの友人に会って酒を飲んだ。友人はもう増えも減りもしなかった。

毎日朝八時半に家を出て、深夜一時過ぎに部屋に戻る。

そういう日々をひたすら繰り返す。電車の窓から眺める西新宿の高層ビルはどの季節、どのような天候でもため息が出るほど美しかった。それどころか年齢を重ねるほどに、その眺めは輝きを増した。

時折、その美しさが自分に何かを突きつけているような気がした。だがそれがなんなのかは、彼には分からなかった。

＊　＊　＊

遠野さん、と新宿駅のホームで名前を呼ばれたのは、久しぶりに晴れ間がのぞく梅雨の中日《なかび》、日曜日の午後だった。

声をかけてきたのはベージュのつば広の日傘帽子をかぶり眼鏡をかけた若い女性だった。とっさには誰か分からなかったが、理知的な雰囲気には覚えがあるような気がする。言葉に窮していると「……システムにお勤めですよね」と会社名を言われ、そこでようやく思い出した。

「ああ、ええと、吉村《よしむら》さんの部署の」

「水野《みずの》です。良かった、思い出してもらえて」

「すみません、以前お会いした時はスーツを着てらしたから……」

「そうか、今日は帽子もかぶってますもんね。私は遠野さん、すぐに分かりましたよ。私服だと学生さんみたいですね」

学生？　悪気はないんだろうなと思いながら、なんとなく階段に向かって並んで歩き始めた。そういう彼女こそ、まだ大学生のように見えた。茶色のウェッジサンダルから見える足先には、薄桃色のペディキュアがひかえめに光っていた。名前はなんと言ったっけ……、ええと、水野さんだ。先月成果物の引き渡しの際にクライアントの会社を訪れた時、先方の担当者の部下が彼女で、二度ほど会ったことがあった。名刺交換くらいしかしなかったが、ずいぶん真面目そうな人だなと思ったのと、澄んだ声が印象に残っていた。

そうだ、確か水野理紗《りさ》という名前だった。名刺の字面と本人の印象がきれいに一致していると思った覚えがある。ホームから階段を下り、駅の通路をなんとなく右に曲がって歩きながら彼は訊《き》いた。

「水野さんも東口ですか？」

「えーと、はい、どこでも」

「どこでも？」

「ええと、実は特に予定がないんです。でも雨も上がったしお天気もいいし、買い物でもしようかと思って」と笑いながら言う。つられて彼も笑顔になる。

「同じです、僕も。じゃあ良かったら、すこしお茶でも飲みませんか」そう言うと、水野はどきりとするような笑顔を向けて、はい、と答えた。

　ふたりは東口近くの地下にある狭い喫茶店でコーヒーを飲み、二時間ほど話し、連絡先を交換してその日は別れた。

　ひとりになって本屋の棚の間を歩きながら、彼は喉《のど》が軽く痺《しび》れたように疲れていることに気づいた。そういえば、こんなふうに誰かと目的のない会話を長い時間したのはずいぶん久しぶりだった。ほとんど初対面のようなものなのに、二時間もよくも飽きずに話をしたものだ、とあらためて気づく。仕事のプロジェクトがもう終わっているという気安さもあったかもしれない。互いの会社の噂話や、住んでいる場所のことや、学生時代のこと。特別な話は何もなかったけれど、彼女との会話は呼吸がぴったりと重なるように心地よかった。久しぶりに、胸の奥がじんわりと温かくなっていた。

その一週間後に、彼女にメールを出して夕食に誘った。残業を早めに切り上げ、吉《きち》祥寺《じょうじ》で待ち合わせて一緒に食事をして、夜十時過ぎに別れた。その翌週、今度は彼女から食事の誘いがあり、その次の週は、彼の誘いで休日に待ち合わせて映画を観て食事をした。そのように礼儀正しく慎重に、ゆっくりとふたりは関係を重ねていった。

水野理紗は、会うほどに感じが良くなっていくというタイプの女性だった。眼鏡と長い黒髪のせいで一見地味に見えるのだけれど、よく見ると顔立ちはびっくりするくらい整っていた。肌を隠すような服装も口数のすくなさもどこか恥ずかしそうな仕草も、まるで「綺麗《きれい》になんて見られたくない」と思っているかのようだった。年齢は彼より二つ下で、性格は誠実で素直だった。決して大声になることがなく、ゆっくりと気持ちの良いリズムで喋《しゃべ》った。一緒にいると緊張がほどけた。

彼女のマンションは西国分寺《にしこくぶんじ》にあり会社も中央線沿いだったから、デートはいつもその沿線だった。電車の中で時折触れあう肩や、食事をシェアする時のしぐさや、並んで歩く時の歩調から、彼は彼女の好意をはっきりと感じることができた。どちらかが一歩踏み出せばきっとどちらも拒否しないだろうことを、すでにお互いに分かっていた。それでも、彼にはそうすべきかどうかの判断がつかなかった。

今まで僕は——と、吉祥寺駅で反対側のホームへと向かう彼女を見送りながら彼は思う。誰かを好きになる時、急にそうなりすぎてしまっていたような気がする。そしてあっという間に食い尽くし、その人を失ってしまうのだ。そういうことを、もう繰り返したくなかった。

＊　＊　＊

その年の夏の終わり、ある雨の晩に自分の部屋で、彼はH2Aロケットの打ち上げが成功したというニュースを目にした。

湿気の酷《ひど》い日で、窓を閉め切ってクーラーを低い温度でつけていたが、それでも雨が地表を叩《たた》く音と濡《ぬ》れた道路を車が滑る音とともに、べたつく湿気が部屋の中に忍び込んでいた。テレビの画面には、見覚えのある種子島宇宙センターから巨大な炎を吐き出して上昇するH2Aの姿が映っている。カットが切り替わり雲間を昇ってゆくH2Aを超望遠で捉《とら》えた映像になり、その次に、ロケット本体に据え付けられたカメラから補助ブースターを見下ろしたカットになった。遥《はる》か眼下の雲の切れ目に、遠ざかる種子島の全景が見えていた。彼が高校時代を過ごした中種子《なかたね》町もその海岸線も、くっきりと見分けることができた。

一瞬、ぞくりとした寒気のようなものが彼の体を走った。

でもそういう光景を前に、自分が何を感じるべきなのかが彼にはよく分からなかった。種子島はもう故郷ではなかった。両親はずいぶん前に長野に転勤していておそらくそこに永住するだろうし、その島は彼にとってはすでに通過した場所だった。ぬるくなりはじめた缶ビールをひとくち飲み、苦い液体が喉を通過して胃に落ちていく感触を確かめる。若い女性のニュースキャスターが、打ち上げられた衛星は移動端末のための通信衛星だと、なんの感慨もない口調で語っていた。──ということは、この打ち上げは自分の仕事ともまったく無関係なわけでもないのだ。でもそういうこととは関係なく、自分はずいぶん遠いところに運ばれてきてしまったと、彼は思う。

初めて打ち上げを見たのは十七歳の時だ。隣には制服を着た女の子がいた。クラスは違ったが仲が良かった。というよりも、その女の子がわりと一方的に彼になついていた。澄田花苗《かなえ》という、サーフィンでよく日に焼けた快活で可愛らしい女の子だった。

十年近い歳月が感情の起伏を優しく均《なら》してくれてはいたが、それでも澄田のことを考えると、今でもすこしだけ胸が痛む。彼女の背丈や汗の匂い、声や笑顔や泣き顔、そういう彼女の気配すべてが、思春期を過ごした島の色や音や匂いとともに鮮明に思い起こされてくる。それは後悔に似た感情だったが、だからといって、当時の自分にはやはりあのように振る舞うことしかできなかったということも、彼には分かっていた。澄田が自分に惹《ひ》かれた理由も、彼女が告白しようとした何度かの瞬間も。それを言わせなかった自分の気持ちも、打ち上げを見た時の一瞬の高揚の重なりも、その後の彼女の諦《あきら》めも。すべてがくっきりと見えていて、それでもあの時の自分には何もできなかった。

彼が大学進学のために上京することになった時、澄田にだけは飛行機の時間を伝えた。出発はよく晴れた三月の風の強い日。まるでフェリー乗り場のようにも見える小さな空港の駐車場で、ふたりは最後の短い話をした。途切れがちな会話の間、澄田はずっと泣いていたけれど、それでも別れ際には彼女は笑った。たぶんあの時すでに、澄田は自分よりもずっと大人でずっと強かったのだと彼は思う。

自分はあの時、彼女に対して笑顔を向けることができていただろうか？　もうよく覚えていなかった。

深夜二時二十分。

明日の出勤に備えて、もう寝なければならない時間だ。ニュースはすでに終わり、いつの間にか通信販売の番組が始まっている。

彼はテレビを消して歯を磨き、クーラーのタイマーを一時間で切れるようにセットして部屋の電気を消し、ベッドに入る。枕元で充電している携帯電話の小さな光が点滅していて、メール着信があったことを知る。画面を開くと、ディスプレイの白い光に部屋の中がぼんやりと照らされる。水野からの食事の誘いだった。彼はベッドに身を横たえ、しばらく目をつむる。

まぶたの裏には様々な模様が浮かんでいる。まぶたが眼球を押さえる圧力を視神経は光と感じるから、人間は決して本当の暗闇を見ることはできない、そう教えてくれたのは誰だったろう。

……そういえばあの頃の自分には携帯電話で誰にも出すことのないメールを打つ癖があったと、彼はふと思い出した。最初のうち、それはひとりの女の子へ宛てたメールだった。メールアドレスも知らない、いつの間にか文通も途絶えてしまった女の子。その子への手紙を書かなくなってからも、しかし自分の中に収まりきらない感情があった時、それを彼女へ伝えるつもりで彼はメールを打ち、決して送信することなく削除した。それは彼にとって準備期間のようなものだった。ひとりで世界に出ていくための助走のようなもの。

しかし次第に、メールの文面は誰に宛てたものでもない、漠然とした独り言のようなものへと変わっていき、やがてその癖も消えた。そのことに気づいた時、もう準備期間は終わったのだと彼は思った。

もう彼女への手紙は出さない。

彼女からの手紙も、きっともう来ない。

――そういうことを考えているうちに、あの頃の自分が抱えていたひりひりとした焦りのようなものを、彼はありありと思い出した。その気持ちはあまりにも今の自分に通底していて、結局自分は何も変わっていないのかと、いささか愕然《がくぜん》とする。無知で傲慢《ごうまん》で残酷な、あの頃の自分。いや、それでも――と、目を開きながら彼は思う。すくなくとも今の自分には、はっきりと大切だと思える相手がいる。

たぶん自分は水野が好きなんだ、と彼は思う。

今度会った時に気持ちを伝える。そう決心をして、彼はメールの返信を打った。今度こそ、水野と自分の気持ちにきちんと向きあおう。あの最後の日、澄田が自分にしてくれたように。

あの日、島の空港で。

互いに見慣れぬ私服姿で、強い風が澄田の髪と電線とフェニックスの葉を揺らしていた。彼女は泣きながら、それでも彼に笑顔を向けて言ったのだ。

ずっと遠野くんのことが好きだったの。今までずっとありがとう、と。

4

働き始めて三年目に配属されたチームで、彼の仕事は一つの転機を迎えた。

それは彼の入社以前から続いているプロジェクトだったが、長い時間をかけて迷走を続けた結果、当初の目標を大幅に縮小して終了させることが会社の方針として決まっていた。いわば敗戦処理のような仕事で、複雑に絡み合い膨れあがったプログラム群を整理し、なんとか使い物になる成果物を救い出して被害を最小限に抑えて欲しいというのが、彼に異動を告げた事業部長からのオーダーだった。要するに、おまえの能力は認めたからこのへんで理不尽な苦労もしてこい、ということらしかった。

最初のうち、彼はチームリーダーに命じられるまま仕事を続けた。しかしそのやり方では余計なサブルーチンが蓄積していくだけで、かえって事態が悪化していくということにすぐに気づいた。それをリーダーに進言したが取りあってもらえず、彼は仕方なく一ヵ月間いつも以上に残業を増やした。その一ヵ月の間、リーダーに命じられた通りの仕事を行うと同時に、彼がベストだと考える方法で同じ仕事を処理してみた。結果は明らかで、彼の考えた方法でなければプロジェクトは収束に向かわなかった。その結果を携えて再度リーダーに掛けあったが、激しく叱責されたうえに、今後二度と独断を行うなと強くいいふくめられた。

彼は困惑してチームの他のスタッフたちの仕事を見渡してみたが、全員がただリーダーに命ぜられるままの仕事を行っているだけだった。これではプロジェクトは終わるわけはなかった。間違えた初期条件で始めた仕事は、根本を正さぬ限りは前に進んでもより複雑に誤謬《ごびゅう》を重ねていくだけだ。そしてこのプロジェクトは、初期条件を見直すには長く進め過ぎていた。会社の言う通り、いかに上手《うま》くたたむかを考えるべきなのだ。

彼は迷った末に、彼に異動を命じた事業部長に相談を持ちかけた。事業部長は長い時間話を聞いてくれたが、結論として言っていることは結局、チームリーダーの立場を立てつつもプロジェクトを上手く終わらせてくれ、ということだった。そんなことは不可能だと、彼は思った。

それから三ヵ月以上、ひたすらに不毛な仕事が続いた。チームリーダーは彼なりにプロジェクトを成功させたいのだということも理解できたが、だからといって黙って事態を悪化させる作業を続けることは、彼にはできなかった。幾度となくリーダーから怒鳴りつけられながら、チームの中で彼だけが独自に仕事を進めた。事業部長が彼の行為を黙認してくれているらしいことだけが、救いといえば救いだった。しかし彼の作業の成果を上回る混乱を、彼以外のスタッフが日々積み重ねていった。煙草の本数が増え、帰宅してから飲むビールの量が増えた。

彼はある日耐えかねて、事業部長に自分をチームから外してくれと頼み込んだ。さもなければリーダーを説得して欲しい。それも駄目ならば会社を辞める、と。

結局、その翌週にチームリーダーは異動となった。替わりに入ってきた新しいリーダーは他プロジェクトも兼任しており、やっかいごとを背負い込まされたことであからさまに彼を冷淡に扱ったが、すくなくとも仕事については合理的な判断を下す人間だった。

ともかくも、これでやっと出口に向かって歩き始めることができる。仕事はますます忙しくなり職場ではますます孤独になったが、彼は懸命に働いた。もうそうすることしかできなかった。やれることはすべてやったのだ。

そういう状況の中で、水野理紗と過ごす時間は以前にも増して貴重なものになっていった。

一週か二週に一度、会社帰りに彼女のマンションのある西国分寺駅に通った。待ち合わせは夜の九時半で、時々は小さな花束を買っていった。会社の近くの花屋は夜八時までしか営業していないので、彼はそういう時は七時頃に会社を抜け出して花を買い、駅のコインロッカーにしまい、急いで会社に戻って八時半まで仕事をする。そういう密やかな行動は楽しかった。そして混んだ中央線に乗り、花束が潰《つぶ》されないように気をつけながら、水野の待つ駅に向かう。

土曜日の夜は、時々どちらかの部屋に泊まった。彼が水野の部屋に泊まることの方が多かったが、水野が泊まりに来ることもあった。お互いの部屋には二本の歯ブラシが置かれ、彼女の部屋には何組かの彼の下着が置かれ、彼の部屋にはいつのまにか料理器具と調味料が置かれていた。今までは決して読まなかったような種類の雑誌が部屋にすこしずつ増えていくことは、彼の気持ちを温かくした。

夕食はいつも水野が作ってくれた。料理を待つ間、包丁の音や換気扇が回る音、麵《めん》が茹《ゆ》でられる匂いや魚が焼かれる匂いをかぎながら、彼はノートパソコンで仕事の続きをした。そんな時は、彼は実に穏やかな気持ちでキーボードを叩《たた》いた。料理の音とキーを叩く音が小さな部屋を優しく満たしていて、それは彼の知るかぎり、最も心安まる空間であり時間であった。


水野のことで覚えていることはたくさんある。

たとえば食事。水野はいつもとても美しく食事をした。鰆《さわら》の身をとても綺麗《きれい》に骨からほぐしたし、肉を切り分ける指先は淀《よど》みなく、パスタはフォークとスプーンを器用に使い見とれてしまうくらい上品に口に運んだ。それから、コーヒーカップを包む桜色の爪先。頰の湿り気、指先の冷たさ、髪の匂い、肌の甘さ、汗ばんだ手のひら、煙草の匂いが移った唇、切なげな吐息。

線路沿いにある彼女のマンションで、部屋の灯《あか》りを消してベッドにもぐり込んでいる時、彼はよく窓の向こうの空を見上げた。冬になると星空が綺麗に見えた。外はたぶん凍えるほど寒く、部屋の空気も吐く息が白くなるほど冷たかったが、裸の肩に乗せた彼女の頭の重みは温かく心地よかった。そういう時、線路を走る中央線のガタン、ガタンという音は、まるでずっと遠くの国から響いてくる知らない言葉のように、彼の耳に響いた。今までとはまったく違う場所に自分がいるような気がした。そしてもしかしたら、僕がずっと来たかった場所はここなのかもしれないと、彼は思う。自分が今までどれほど渇いていたのか、どれほど孤独に過ごしていたのかということを、水野との日々で彼は知った。

＊　＊　＊

だからこそ、水野と別れることになった時、底知れぬ闇を覗《のぞ》き込む時のような不安が、彼を包んだ。

三年間それなりの想いを賭《と》して、彼らなりに必死に関係を築いてきた。にもかかわらず、結局は彼らの道は途中で別れていた。この先をふたたびひとりきりで歩いていかなければならないと思うと、重い重い疲労のようなものを彼は感じた。

何があったわけでもなかったのだと、彼は思う。決定的な出来事は何もなかった。しかしそれでも、だからこそ、人の気持ちは決して重ならずに流れてしまう。

深夜、窓の外の車の音に耳をすませながら、暗闇の中で目を見開いて、彼は必死に思う。ほどけてしまいそうな思考を、なんとか強引にかき集め、ひとかけらでも教訓を得ようとする。

――でもまあ仕方がない。結局は、誰とだっていつまでも一緒に居られるわけではないのだ。人はこうやって、喪失に慣れていかなければならないのだ。

僕は今までだって、そうやってなんとかやってきたのだ。

*　*　*

彼が会社を辞めたのも、水野との別れに前後する時期だった。だからといってその二つの出来事が関係しているかと訊《き》かれても、彼にはよく分からなかった。たぶん関係はないような気がする。仕事でのストレスで水野にあたってしまったことは何度もあったし、その逆もあったが、そういうことはむしろ表層的な出来事だったと思う。もっと言葉では説明できないような――不全感のようなものが、その頃の自分をいつでも薄く覆っていたような気がする。でも、だから？

よく分からない。

会社を辞めるまでの最後の二年ほどの記憶は、後から思い返してみるとまるでまどろみの中にいたかのように、ぼんやりとしている。

いつのまにか季節と季節の区別がひどく曖昧《あいまい》に感じられるようになり、今日の出来事が昨日の出来事のように思え、時によっては、自分が明日やっているだろうことが映像のように眼前に見えたりした。仕事は変わらず忙しかったが、内容はもはやルーチンワークにすぎなかった。プロジェクトを終わらせるための見取り図があり、それに必要な時間はほとんど機械的に、費やす労働時間によって算出できた。速度の変わらない車列の中を、交通標識に従ってひたすらに進んでいくようなものだ。ハンドルもアクセルも、ほとんど何も考えなくても操作することができた。誰と会話する必要もない。

そしていつのまにか、プログラミングや新しいテクノロジーやコンピュータそのものが、彼にとっては以前ほどの輝きを持つものではなくなっていた。でもまあそういうものなんだろうな、と彼は思う。少年時代にあれほど輝きに満ちていた星空が、いつのまにか見上げればただそこにあるものになっていたように。

その一方で、彼に対する会社の評価はますます高まっていった。査定のたびに昇給が行われ、賞与の額は同期の誰よりも上だった。彼の生活はそれほど金のかかるものでもなかったしそもそも遣う時間もなかったから、通帳にはいつのまにか今まで目にしたことのないような額が貯まっていた。

キーを叩く音だけが静かに響くオフィスの中で椅子に座り、打ち込んだコードがビルドされるのを待つ間、ぬるくなったコーヒーのカップを口につけたまま、不思議なものだな、と彼は思った。買いたいものなんて何もないのに、金だけは貯まっていくのだ。

そういう話を冗談めかしてすると水野は笑ってくれたが、その後ですこしだけ悲しそうな顔をした。そんな水野の表情を見ていると、心のずっと深い場所を直接きゅっとにぎられたように、胸の奥がかすかに縮んだ。そしてわけもなく悲しくなった。

それは秋の初めで、網戸からは涼しい風が吹き込んでいて、腰をおろしているフローリングの床がひんやりと心地よかった。彼はネクタイを外した濃いブルーのワイシャツ姿で、彼女は大きなポケットの付いた長いスカートに濃い茶色のセーターを着ていた。セーター越しの優しげな胸のふくらみを見ると、彼はまたすこしだけ悲しくなった。

会社帰りに水野の部屋に来たのは久しぶりだった。以前に来た時はまだクーラーをつけていたから、と彼は考えてみる。……そうだ、ほとんど二ヵ月ぶりだ。お互いに仕事が忙しくタイミングが合わなかったからだが、絶対に会えない、というほどでもなかったと思う。たぶん以前ならばもっと頻繁に会っていた。お互いに無理をしなくなった。

「ねえ、貴樹くんは小さな頃なんになりたかったの？」と、彼の会社の愚痴をひととおり聞いた後に、水野が尋ねた。彼はすこし考える。

「そういうものは何もなかった気がする」

「なんにも？」

「うん。毎日を生き抜くのに精一杯だったよ」と笑いながら言うと、「私も」と言って水野も笑い、皿に盛られた梨を一つ口に運んだ。しゃくり、という気持ちの良い音がする。

「水野さんも？」

「うん。学校でなりたいものを訊かれた時、いつも困っちゃったわ。だから今の会社に就職が決まった時、けっこうホッとしたの。これで二度と将来の夢なんかを考えなくていいんだって」

うん、と同意しながら、彼も水野が剝《む》いてくれた梨に手を伸ばす。なりたいもの。

いつだって、自分の場所を見つけるために必死だった。自分はまだ、今でも、自分自身にさえなれていない気がする。何かに追いついていない気がする。〈ほんとうの自分〉とかそういうことではなく、まだ途上にすぎないと彼は思う。でも、どこへ向かっての？

水野の携帯が鳴って、ちょっとごめんね、と言って彼女は携帯を持って廊下に向かった。彼は横目で見送り、煙草をくわえ、ライターで火をつける。廊下から楽しげな声が小さく聞こえてきて、突然、自分でも驚くくらい、彼は見知らぬ電話の相手に対して激しく嫉妬《しっと》した。顔も知らない男が水野のセーターの下の白い肌に指を這《は》わす姿が目に浮かび、瞬間、その男と水野を激しく憎んだ。

それはせいぜい五分程度の電話だったが、「会社の後輩からだったわ」と言って水野が戻ってきた時、自分が理不尽に蔑《さげす》まれているような気がした。でも彼女が悪いわけではない。あたりまえだ。「うん」と返事をしながら、自分の感情を押しつぶすように彼は煙草を灰皿にこすりつけた。なんなんだこれは、と愕然《がくぜん》と彼は思う。

翌朝、彼らはダイニングのテーブルに座り、久しぶりに一緒に朝食を食べた。

窓の外に目をやると、空は灰色の雲に覆われている。すこし肌寒い朝だ。こうしてふたりで摂《と》る日曜日の朝食は、彼らにとってとても象徴的で大切な時間だった。休日はまだ手つかずでそこにあり、たっぷりとした時間をどのように過ごしても良いのだ。まるで彼らのその先の人生みたいに。水野の作る朝食はいつでも美味《おい》しく、その時間はいつでも確かに幸せだった。そのはずだった。

ナイフで切り分けたフレンチトーストにスクランブルエッグをのせて口に運ぶ水野を見ながら、ふと、ここで食べる朝食はこれが最後になるのではないかという予感が浮かんだ。理由なんてないし、なんとなく思っただけだ。それを望んでいたわけではないし、来週だってその次だって、彼は彼女と朝食を食べたかった。

しかし実際には、それがふたりの最後の朝食となった。

＊　＊　＊

彼が会社に辞表を出そうと決めたのは、プロジェクトの終了まで三ヵ月という見通しがはっきりと立ってからだった。

一度そう決めてしまうと、もっとずっと以前から自分が退職のことを考えていたのだということに気がついた。今のプロジェクトを終わらせて、その後一ヵ月ほどかけて必要な引き継ぎや整理を行い、できれば来年の二月までには退職したいと、彼はチームリーダーに伝えた。チームリーダーはいくぶん同情した口調で、それなら事業部長に相談して欲しいと言った。

事業部長は彼から辞職の意を告げられると、本気で引き留めてくれた。待遇に不満があればある程度は対応できるし、何よりもここまできて辞める手はない。今が辛抱のしどころなんだ。今のプロジェクトは辛《つら》いかもしれないが、それが終わればお前の評価はもっと上がるし、仕事も面白くなるはずだ、と。

そうかもしれない。でもこれは僕の人生なんです、と、声には出さずに彼は思う。待遇に不満はありません、と彼は答えた。それに今の仕事が辛いわけでもないんですと。それは嘘ではなかった。彼はただ辞めたいだけだった。そう伝えても、事業部長は納得してくれなかった。無理もない、と彼は思う。自分自身に対してさえ上手《うま》く説明できていないのだ。

でもともかくも、いくぶんのごたごたはあったにしても、彼の退職は一月末と決まった。

秋が深まり、空気が日に日に澄んだ冷たさを増していく中、彼は最後の仕事をひたすらにこなしていった。プロジェクト終了の明確な期限ができたことで彼は以前よりもさらに忙しくなり、休日はもうほとんどなかった。部屋にいる短い時間は、たいてい泥のように深く深く眠った。それでも常に寝不足で体はいつもだるく火照っていて、毎朝の通勤電車では酷《ひど》い吐き気がした。しかしそれは余計なことを考えなくてすむ生活でもあった。そういう日々に安らぎさえ感じた。

辞表を出せば会社での居心地が悪くなることを覚悟していたが、実際にはその逆だった。チームリーダーは不器用ながら感謝の意を示してくれていたし、事業部長は新しい就職先の心配までしてくれた。お前なら俺も自信を持って薦められるから、と事業部長は言った。しばらくはゆっくりしようと思うんですと、彼はそれを丁寧に辞退した。

関東に冷たい風を送りこむ台風が通り過ぎた後に、彼はスーツを冬物に替えた。ある寒い朝には簞笥《たんす》から出したばかりでまだかすかにナフタリンの匂いのするコートを着込み、また別の日には水野からもらったマフラーを巻き、彼自身もまた次第に冬を身に纏《まと》っていった。誰ともほとんど口をきかず、それを苦痛とも思わなかった。

水野とはメールで時折——週に一、二回——連絡を取りあっていた。メールが戻ってくるまでにずいぶん間が空くようになっていたが、彼女も忙しいのだろうとなんとなく思う程度だった。それにそれはお互いさまなのだ。気がつけば、一緒に朝食を食べたあの日からもう三ヵ月も、水野とは会っていないのだった。

そして一日の仕事を終え、中央線の最終電車に乗り込みぐったりと席に座るたびに、彼はいつも深く息を吐いた。とてもとても深く。

東京行きの深夜の電車はすいていて、いつでもかすかに酒と疲労の匂いがした。耳に馴染《なじ》んだ電車の走行音を聞きながら、中野の街の向こうから近づいてくる高層ビルの灯を眺めているとふと、空高くから自分を見下ろしているような気持ちになった。地表をゆっくりと這う細い光の線が墓標のような巨大なビルに向かっている景色を、彼ははっきりと思い浮かべることができた。

強い風が吹き、遥《はる》か地表の街の灯をまるで星のように瞬かせる。そして僕はあの細い光の中に含まれていて、この巨大な惑星の表面をゆっくりと移動しているのだ。

電車が新宿駅に到着しホームに降りる時、彼は自分の座っていた座席を振り返らずにはいられなかった。重い疲労にくるまれたスーツ姿の自分が、まだそこに座ったままなのではないかという気持ちがどうしても拭《ぬぐ》えなかったからだ。

今でもまだ東京に慣れることができていないと彼は思う。駅のホームのベンチにも、いくつも列をなす自動改札にも、テナントのたちならぶ地下街の通路にも。

＊　＊　＊

十二月のある日、二年近く続いたプロジェクトが終了した。

終わってみると、意外なほど感慨はなかった。昨日までより一日ぶん疲労が濃くなっただけだ。コーヒー一杯だけの休憩を挟んで、彼は退職の準備を始めた。結局その日も、帰りは最終電車だった。

新宿駅で降りて自動改札を抜け、西口地下のタクシー乗り場にできた行列を見て、そういえば金曜の夜だった、と彼は気づいた。おまけに今日はクリスマスだ。駅構内のくぐもったざわめきに混じってジングルベルがどこからか小さく聞こえてくる。タクシーは諦《あきら》めて歩いて帰宅することにして、彼は西新宿に向かう地下道を歩き、高層ビル街に出た。

深夜のこの場所はいつも静かだ。ビルの根本を沿うように歩く。新宿から歩いて帰る時のいつものコースだった。ふいに、コートのポケットで携帯電話が振動した。立ち止まり、一呼吸おいてから、携帯を取り出す。

水野からだ。

出ることができなかった。なぜだろう、出たくなかった。ただひたすらに辛かった。しかし何が辛いのかが分からないのだ。どうすることもできず、携帯電話の小さな液晶ディスプレイに表示された〈水野理紗〉という名前を、彼は立ち止まったままじっと見つめていた。携帯電話は何度か振動し、やがて唐突に、こと尽きたように沈黙した。

胸に急に熱いものが込みあげてきて、彼は上を見上げる。

まるで空に向かって消失していくように、視界の半分を黒々としたビルの壁面が占めている。壁面にはいくつかの窓の明かりがあり、その遥か先には息づくように赤く明滅している航空障害灯があり、その上には星のない都市の夜空があった。そしてゆっくりと、無数の小さな欠片《かけら》が空から降りてくるのが見えた。

——雪だ。

せめて一言だけでも、と彼は思う。

その一言だけが、切実に欲しかった。僕が求めているのはたった一つの言葉だけなのに、なぜ、誰もそれを言ってくれないのだろう。そういう願いがずいぶんと身勝手なものであることも分かっていたが、それを望まずにはいられなかった。久しぶりに目にした雪が、心のずっと深いところにあった扉を開いてしまったかのようだった。そして一度それに気づいてしまうと、今までずっと、自分はそれを求めていたのだということが彼にははっきりと分かるのだった。

ずっと昔のあの日、あの子が言ってくれた言葉。

貴樹くん、あなたはきっと大丈夫だよ、と。

5

篠原明里《しのはらあかり》がその古い手紙を見つけたのは、引っ越しのための荷物を整理している時だった。

それは押し入れの奥深くにしまわれた段ボールの中にあった。段ボールの蓋《ふた》を閉じてあるガムテープにはただ「むかしのもの」と書かれているだけで（もちろんそれは何年も前に自分で書いたはずなのだが）、彼女はなんとなく興味を惹《ひ》かれてその段ボール箱を開けてみた。その中には、小学生から中学生時代にかけての細々としたものが入っていた。卒業文集、修学旅行のしおり、小学生向けの月刊誌が数冊、何を録音したのかもう覚えていないカセットテープ、色褪《いろあ》せた赤いランドセルと、中学の時に使っていた革の鞄《かばん》。

そういう懐かしいものたちを一つひとつ手にとって眺めながら、もしかしたらあの手紙を見つけるかもしれない、という予感があった。そして段ボールのいちばん下にクッキーの空き缶を見つけた時に、彼女は思い出した。そうだ、私は中学校の卒業式の夜、あの手紙をこの缶の中にしまったんだ。鞄から出すことができずに長い間持ち歩き続けていた手紙で、卒業を機会に、振り切るようにこの缶にしまったのだ。

缶の蓋を開けると、中学の時に大切にしていた薄いノートに挟まれて、その手紙はあった。それは彼女が初めて書いたラブレターだった。

それはもう十五年も前、好きだった男の子との初めてのデートの時に渡すつもりで書いた手紙だった。

その日は深く静かな雪の日だったな、と彼女は思い出す。まだ私は十三歳になったばかりで、私が好きだった男の子は電車で三時間もかかる場所に住んでいて、その日は彼が電車を乗り継いで私に会いに来てくれる日だったのだ。でも雪のせいで電車が遅れて、彼は結局四時間以上も遅れてしまった。彼を待っている間に、私は木造の小さな駅でストーブの前の椅子に座りながら、この手紙を書いたんだ。

手紙を手にしていると、その時の不安や寂しさが蘇《よみがえ》った。その男の子を愛《いと》しいと思う気持ちも、彼に会いたいと思う気持ちも、それが十五年も前のものだったなんて信じられないくらいにありありと思い出すことができた。それはまるで今ある心のように強く鮮やかで、その残照の眩《まぶ》しさに彼女は戸惑いを覚えるほどだった。

私はほんとうにまっすぐに彼のことが好きだったんだな、と彼女は思う。私と彼は、その初めてのデートで初めてのキスをした。そのキスの前と後とでは、世界がまるで変わってしまったみたいに私は感じた。手紙を渡せなかったのは、だからだ。

そういうことを今でもまるで昨日のことのように——そうだ、ほんとうに昨日のことみたいだ——、彼女は思い出すことができた。左手の薬指にはめた小さな宝石のついた指輪だけが、十五年という時の経過を示していた。


その晩、彼女はあの日の夢を見た。まだ子どもだった彼女と彼は、雪の降る静かな夜、桜の樹の下でゆっくりと落ちてくる雪を見上げていた。

＊　　＊　　＊

翌日、岩舟駅には粉雪が舞っていた。とはいえ雲は薄く、ところどころには青空が透けて見えており、本降りになる前に止みそうな気配だった。それでも十二月に降雪があるのはずいぶん久しぶりだ。あの頃のような大雪は、ここ数年ほとんど降っていなかった。

お正月までいればいいのに、と母親に言われ、でもいろいろ準備もあるから、と彼女は答える。

「そうだな、彼にもうまいもの作ってやれよ」と父親が言う。うん、と返事をしながら、お父さんもお母さんも歳をとったなと彼女は思った。でもそれも当然だ、もうすぐ定年の年齢だもの。そして私だって、もう結婚するような歳になったのだから。

小山行きの電車を待ちながら、こんなふうに両親と三人で駅のホームにいるというのはなんだかおかしな感じだと、彼女は思う。もしかしたらこの土地に引っ越してきた日以来かもしれない。

あの日、東京から電車を乗り継ぎ、母親とふたりでこのホームに降りた時の心細さを、彼女は今でもよく覚えている。先に来ていた父親が駅のホームで待っていてくれた。岩舟はもともとは父親の実家だったから、彼女も幼い頃から何度か来たことのある場所ではあった。何もないところだとは思ったけれど、静かで良い場所だとも思っていた。それでも暮らすとなると話は別なのだ。宇都宮で生まれ、ものごころがついてからは静岡で育ち、小学校四年から六年までを東京で過ごした彼女にとっては、岩舟駅の小さなホームはとてもとても心細く見えた。自分の住むべき場所ではないように感じた。東京への強烈な郷愁で、涙が出そうにさえなった。

「何かあったら電話するのよ」と、昨夜から何度も繰り返していることを母親が言う。ふいに両親と、この小さな町が愛おしくなる。今では離れがたい故郷なのだ。彼女は笑って優しく答える。

「大丈夫よ。来月には式で会うんだからそんなに心配しないで。寒いからもう戻りなよ」

そう彼女が言い終わるのと同時に、遠くから近づいてくる両毛線の警笛が聞こえる。


昼下がりの両毛線はすいていて、車輛《しゃりょう》には彼女ひとりしかいなかった。持ってきた文庫本に集中できずに、頰杖《ほおづえ》をついて窓の外を眺める。

稲が刈られた後の何もない田園が、いちめんに広がっている。その目の前の風景に、厚い雪が降り積もった状態を彼女は想像してみる。時間は真夜中。灯《あか》りは遠くに数えるほど。きっと窓枠にはびっしりと霜が固まっている。

——それはとても心細い風景だったろうと、彼女は思う。空腹と誰かを待たせている罪悪感をいっぱいに抱え、やがて停車してしまう電車の中で、あの人はその風景に何を見ていたんだろう。

……もしかしたら。

もしかしたら、私が家に帰っていることを、彼は願っていたかもしれない。優しい男の子だったから。でも私はたとえ何時間でも彼を待つのは平気だった。会いたくて会いたくてたまらなかった。彼が来ないかもしれないなんて疑いは欠片《かけら》も持たなかった。あの日電車に閉じこめられていた彼に声をかけてあげることができるなら、と彼女は強く思った。もしそんなことができるのなら。

大丈夫、あなたの恋人はずっと待っているから。

あなたがちゃんと会いに来てくれることを、その女の子はちゃんと知っているから。だからこわばった体から力を抜いて。どうか恋人との楽しい時間を想像してあげて。あなたたちはその後もう二度と会うことはないのだけれど、あの奇跡みたいな時間を、どうか大切なものとしていつまでも心の奥にとどめてあげて。

そこまで考えて、彼女は思わず笑みをこぼした。——何を考えているのかしら、私は。昨日からあの男の子のことばかり。

たぶん昨日見つけた手紙のせいだ、と彼女は思う。入籍前日に他の男の子のことばかり考えているなんて、ちょっと不誠実だろうか。でも夫となるあの人は、きっとそんなことを気にしないだろうとも、彼女は思う。彼が高崎《たかさき》から東京へと転勤することが決まり、それを機会にふたりは結婚を決めた。細かい不満を言い出せばきりがないけれど、でも私は彼をとても愛している。たぶん彼も私を。あの男の子との想い出は、もう私自身の大切な一部なのだ。食べたものが血肉となるように、もう切り離すことのできない私の心の一部。

貴樹くんが元気でいますようにと、窓の外の流れていく景色を眺めながら、明里は祈った。

6

ただ生活をしているだけで、悲しみはそこここに積もる。

電灯のスイッチを押し、蛍光灯に照らされた自分の部屋を眺めながら、そう、遠野貴樹は思う。まるで細かな埃《ほこり》が気づかぬうちに厚く堆積《たいせき》するように、いつの間にかこの部屋にはそういう感情が満ちている。

たとえば、今は一つだけになった洗面所の歯ブラシ。たとえば、かつては他の人のために干していた白いシーツ。たとえば、携帯電話の通話履歴。

いつもと同じ最終電車で部屋に戻ってきて、ネクタイを外しスーツをハンガーに掛けながら、彼はそのようなことを思う。

でもそれを言うならば水野の方がずっと辛《つら》いに違いないと、冷蔵庫から缶ビールを取り出しながら彼は思う。水野がこの部屋に来た回数よりもずっと多く、彼は西国分寺の水野の部屋に通ったからだ。それをとても申し訳なく思う。そんなつもりではなかったのだ。胃に送り込んだ冷たいビールが、帰り道の外気で冷え込んだ彼の体温をさらに奪う。

一月末。

最後の仕事の日も、彼はいつもと同じようにコートを着込んで会社に向かい、五年間座り慣れた自分のデスクにつき、コンピュータの電源を入れ、OSが起動する間にコーヒーを飲みながらその日一日の作業確認をした。業務の引き継ぎはすっかり終わっていたが、他のチームのための単発の小さな仕事を、彼は退職日までできる限り引き受けていた。そして皮肉なことに、そういう仕事を通じて彼には社内に友人と呼べるような者たちが何人かできていた。皆が彼の退職を惜しみ、今夜は一席設けたいと言ってくれたが、彼はそれを丁寧に断った。「せっかくなのに申し訳ないんですけど、いつも通りに仕事をしたいんです。これからしばらく暇になるから、また誘ってくださいさい」と彼は言った。

夕方にはかつてのチームリーダーが彼の席までやってきて、床を見つめながら「いろいろ悪かったな」、とぼそりと言った。彼はすこし驚いて、「とんでもありません」

と返事をした。彼らが会話をしたのは、一年前にチームリーダーが他チームに異動になって以来だった。

そしてキーボードを叩《たた》きながら、もう二度とここに来なくてもよいのだと思う。それはとても不思議な感覚だった。

〈あなたのことは今でも好きです〉と、水野はその最後のメールに書いていた。

〈これからもずっと好きなままでいると思います。貴樹くんは今でも私にとって、優しくて素敵で、すこし遠い憧《あこが》れの人です〉

〈私は貴樹くんと付きあって、人はなんて簡単に誰かに心を支配されてしまうものなんだろう、ということを初めて知りました。私はこの三年間、毎日まいにち貴樹くんを好きになっていってしまったような気がします。貴樹くんの一言ひとこと、メールの一文いちぶんに喜んだり悲しんだりしていました。つまらないことでずいぶん嫉妬《しっと》して、貴樹くんをたくさん困らせました。そして、勝手な言い方なのだけれど、そういうことになんだかちょっと疲れてきてしまったような気がするのです〉

〈私はそういうことを半年くらい前から、貴樹くんにいろんな形で伝えようとしてき

ました。でも、どうしても上手《うま》く伝えることができませんでした〉
〈貴樹くんもいつも言ってくれているように、あなたはきっと私のことを好きでいてくれているのだろうとは思います。でも私たちが人を好きになるやりかたは、お互いにちょっとだけ違うのかもしれません。そのちょっとの違いが、私にはだんだん、すこし、辛《つら》いのです〉

最後の帰宅もやはり深夜だった。

特に冷える夜で、電車の窓は結露で隙間なく曇っていた。その向こうの滲《にじ》んだ高層ビルの光を、彼は見つめた。解放感もなければ、次の職を探さなければという焦りもなかった。何を思えばよいのかが、よく分からなかった。最近僕は何も分からないんだなと、彼は苦笑する。

電車を降りていつものように地下通路を抜け、西新宿のビル街に出る。マフラーもコートもまったく役に立たないくらい、夜の空気は痛いほどに冷たかった。ほとんど灯の消えた高層ビルはずっと昔に滅んだ巨大な古代生物のように見えた。

その巨体の谷間をゆっくりと歩きながら、

——俺はなんて愚かで身勝手なのだろう

と彼は思う。

この十年、いろいろな人のことをほとんどなんの意味もなく傷つけ、それは仕方のないことなんだと自身を欺き、自分自身も際限なく損ない続けてきた。

なぜもっと、真剣に人を思いやることができなかったのだろう。なぜもっと、違う言葉を届けることができなかったのだろう。——彼が歩を進めるほどに、自分でもほとんど忘れていたような様々な後悔が心の表面に浮き上がってきた。

それを止めることができなかった。

「すこし辛いんです」という水野の言葉。すこし。そんなわけはないのだ。「悪かったな」という彼の言葉、「もったいないじゃない」と言ったあの声、「私たちはもうダメなのかな」という塾の女の子、「優しくしないで」という澄田の声と、「ありがとう」という最後の言葉。「ごめんね」と呟《つぶや》く電話越しのあの声。それから。

「あなたはきっと大丈夫」、という明里の言葉。

今まで深い海の底のように無音だった世界に、突然それらの声が浮き上がり、彼の中に溢《あふ》れた。同時に様々な音が流れ込んでくる。ビルに巻く冬の風、街道を走るバイクやトラックや様々な車種、どこかでのぼりがはためく音、それらが混在して低く響く都市そのものの音。気づいたら世界は音に満ちていた。

それから、激しい嗚咽《おえつ》。——自分の声だ。

十五年前の駅舎以来おそらく初めて、彼の目は涙をこぼしていた。涙はいつまでもいつまでも、止めどなく溢れた。まるで体の中に大きな氷のかたまりを隠していてそれが溶け出したかのように、彼は泣き続けた。他にどうしようもなかった。そして思う。

たったひとりきりでいい、なぜ俺は、誰かをすこしだけでも幸せに近づけることができなかったんだろう。

高さ二百メートルの壁面を見上げると、遥《はる》か高み、滲んだ視界に赤い光が明滅していた。そんなに都合よく救いが降ってくるわけはないんだ、と彼は思う。

7

その晩、彼女は見つけたばかりの古い手紙の封を、そっと開けた。

取り出した便箋《びんせん》は、昨日書いたばかりのように真新しかった。自分の字もあまり今と変わっていなかった。

すこしだけ読み進めて、ふたたび丁寧に封筒にしまう。いつかもっと歳をとったら、もう一度読んでみようと思う。まだきっと早い。

それまでは大切にしまっておこう、そう思う。

＊　＊　＊

貴樹くんへ

お元気ですか？

今日がこんな大雪になるなんて、約束した時には思ってもみませんでしたね。電車も遅れているようです。だから私は、貴樹くんを待っている間にこれを書くことにします。

目の前にはストーブがあるので、ここは暖かいです。そして私のカバンの中にはいつもびんせんが入っているんです。いつでも手紙が書けるように。この手紙をあとで貴樹くんに渡そうと思っています。だからあんまり早く着いちゃったら困るな。どうか急がないで、ゆっくり来てくださいね。

今日会うのはとても久しぶりですよね。なんと十一ヵ月ぶりです。だから私は実は、すこし緊張しています。会ってもお互いに気づかなかったらどうしよう、なんて思います。でもここは東京にくらべればとても小さな駅だから、分からないなんてことはありえないんだけど。でも、学生服を着た貴樹くんもサッカー部に入った貴樹くんも、どんなにがんばって想像してみてもそれは知らない人みたいに思えます。

ええと、何を書けばいいんだろう。

うん、そうだ、まずはお礼から。今までちゃんと伝えられなかった気持ちを書きます。

私が小学校四年生で東京に転校していった時に、貴樹くんがいてくれて本当に良かったと思っています。友達になれて嬉《うれ》しかったです。貴樹くんがいなければ、私にとって学校はもっとずっとつらい場所になっていたと思います。

だから私は、貴樹くんと離れて転校なんて、本当にぜんぜんしたくなかったのです。貴樹くんと同じ中学校に行って、一緒に大人になりたかったのです。それは私がずっと願っていたことでした。今はここの中学にもなんとか慣れましたが（だからあまり心配しないでください）、それでも「貴樹くんがいてくれたらどんなに良かっただろう」と思うことが、一日に何度もあるんです。

そしてもうすぐ、貴樹くんがもっとずっと遠くに引っ越してしまうことも、私はとても悲しいです。今までは東京と栃木に離れてはいても、「でも私にはいざとなれば貴樹くんがいるんだから」ってずっと思っていました。電車に乗っていけばすぐに会えるんだから、と。でも今度は九州のむこうだなんて、ちょっと遠すぎます。

私はこれからは、ひとりでもちゃんとやっていけるようにしなくてはいけません。

そんなことが本当にできるのか、私にはちょっと自信がないんですけれど。でも、そうしなければならないんです。私も貴樹くんも。そうですよね?

それから、これだけは言っておかなければなりません。私が今日言葉で伝えたいと思っていることですが、でも言えなかった時のために、手紙に書いてしまいます。

私は貴樹くんのことが好きです。いつ好きになったのかはもう覚えていません。とても自然に、いつのまにか、好きになっていました。初めて会った時から、貴樹くんは強くて優しい男の子でした。私のことを、貴樹くんはいつも守ってくれました。

貴樹くん、あなたはきっと大丈夫。どんなことがあっても、貴樹くんは絶対に立派で優しい大人になると思います。貴樹くんがこの先どんなに遠くに行ってしまっても、私はずっと絶対に好きです。

どうかどうか、それを覚えていてください。

*　　*　　*

ある夜、彼は夢を見た。

引っ越しのための段ボールが積まれた世田谷の部屋で、彼は手紙を書いていた。好きな女の子との初めてのデートで渡すつもりだった。それは風で飛ばされてしまうことになる、結局は彼女の手に渡ることのない手紙だった。夢の中の彼はそのことを知っていた。

それでも僕はこの手紙を書かなければならないと、彼は思う。たとえ誰の目に触れることはなくても。自分にはこの手紙を書くことが必要なのだと、彼には分かっている。

そして便箋をめくり、最後の一枚に文字を書き込む。

＊　＊　＊

大人になるということが具体的にはどういうことなのか、僕にはまだよく分かりません。

でも、いつかずっと先にどこかで偶然に明里に会ったとしても、恥ずかしくないような人間になっていたいと僕は思います。

そのことを、僕は明里と約束したいです。

明里のことが、ずっと好きでした。
どうかどうか元気で。
さようなら。

8

四月、東京の街は桜に彩られていた。

明け方まで仕事をしていたせいで、目が覚めたのは昼近くだった。カーテンを開けると窓の外は日差しに溢《あふ》れている。春霞《はるがすみ》にかすんだ高層ビル、その窓の一つひとつが、太陽の光を受けて気持ちよさそうに輝いている。雑居ビルの合間に、ところどころ満開の桜が見える。東京には本当に桜が多いなと、あらためて思う。

会社を辞めてから三ヵ月。彼は先週から久しぶりに仕事を始めた。会社勤め時代のつてを頼って、ひとりで設計からプログラミングまでをこなすタイプのこぢんまりした仕事を受けている。この先もフリーのプログラマとしてやっていくのか、自分にそれが可能なのかは分からないが、そろそろ何かを始めたいという気持ちになっていた。

久しぶりに向きあうプログラミングは意外なほど面白く感じられ、十本の指でキーボードを打つ感触そのものが楽しかった。

バターを薄く塗ったトーストを齧《かじ》り、牛乳をたっぷり入れたカフェオレを飲んで朝食とした。ここ数日まとまった量の仕事をこなしていたから今日は休日にしようと、食器を洗いながら決める。

薄いジャケットをはおり外に出て、目的もなく街を歩く。時折穏やかな風が髪を揺らす気持ちの良い日で、空気には昼下がりの匂いがした。

会社を退職して以来、街にはそれぞれの時間帯の匂いがあることを彼は何年かぶりに思い出していた。早朝にはその一日を予感させる早朝だけの匂いがあり、夕方には一日の終わりを優しく包むような夕方だけの匂いがあった。星空には星空の匂いがあり、曇り空には曇り空の匂いがあった。それは人と都市と自然の営みが混然となった匂いだった。ずいぶんいろいろなことを忘れていたんだな、と彼は思う。

狭い道の入りくむ住宅街をゆっくりと歩き、喉《のど》が渇くと自動販売機でコーヒーを買って公園で飲み、学校の校門から走り出て自分を追い越していく小学生たちの背中をなんとなく眺め、歩道橋の上から途切れることのない車列を眺めた。住宅や雑居ビルの向こうには新宿の高層ビル群が見え隠れしていた。その後ろにはまるで青の絵の具をたっぷりの水に溶かしたような淡く澄んだ空があり、いくつかの白い雲が風に流されている。

踏切を、彼は渡っていた。踏切の脇には大きな桜の樹が立っていて、あたりのアスファルトは落ちた花びらでまっ白に染まっている。

ゆっくりと舞う花びらを見て、

秒速五センチだ、

とふと思った。踏切の警報が鳴り始め、それは春の大気に染まり懐かしさを帯びてあたりに響く。

目の前からひとりの女性が歩いてきていた。白いミュールがコンクリートを踏むコツコツという気持ちの良い音が、踏切の警報音の隙間に差し込まれていく。そして踏切の中央でふたりはすれ違う。

その瞬間、彼の心でかすかな光が瞬く。

そのまま別々の方向に歩き続けながら、今振り返れば――、きっとあの人も振り返ると、強く思った。なんの根拠もなく、でも確信に満ちて。

そして踏切を渡りきったところで彼はゆっくりと振り返り、彼女を見る。彼女もこちらをゆっくりと振り返る。そして目が合う。

心と記憶が激しくざわめいた瞬間、小田急線の急行がふたりの視界をふさいだ。

この電車が過ぎた後で、と彼は思う。彼女は、そこにいるだろうか？

――どちらでもいい。もし彼女があの人だったとして、それだけでもう十分に奇跡だと、彼は思う。

この電車が通り過ぎたら前に進もうと、彼は心を決めた。

あとがき

本書『小説・秒速5センチメートル』は、僕が監督したアニメーション映画『秒速5センチメートル』が原作になっている。つまり自作を自分でノベライズしたわけだが、映画をご覧いただいていなくても楽しんでお読みいただけるように留意した。原作映画を未見の方も安心してお手にお取りください……とは言いつつも、映画と小説で相互補完的になっている箇所や、映画とは意図的に違《たが》えた箇所などもあり、映画の後で小説を、あるいは小説の後で映画をご覧いただければ、より楽しんでもらえるのではないかと思う。

映画のほうの『秒速5センチメートル』は二〇〇七年三月に渋谷シネマライズで初公開された。僕がこの小説を書きはじめたのもちょうど同じ時期からで、その後約四ヶ月間、全国各地の映画館を舞台挨拶《あいさつ》に巡るいっぽうで、部屋の中では小説を書いていた。本書の元となったその小説は雑誌『ダ・ヴィンチ』に毎月掲載されていたので、映画館ではお客さんから映画の感想と小説の感想を同時に聞くということもあり、僕にとっては嬉《うれ》しい時期だった。

映像で表現できることと、文章で表現できることは違う。表現としては映像（と音楽）の方が手っ取り早いことも多いけれど、映像なんかは必要としない心情、というものもある。本書を執筆する作業は、そういうことを考えさせてくれる刺激的な経験でもあった。これから先もきっと、僕は映像を作ったりそれが物足りなくて文章を書いたり、あるいはその逆をしたり、はたまた文章的な映像を作ったりということを、繰り返していくのだと思う。

本書を読んでくださった方、ほんとうにありがとうございました。

二〇〇七年八月　新海　誠

解説

西田藍

叶《かな》わない初恋なんて、珍しくもないのに。

２００７年に発表されたアニメーション作品『秒速5センチメートル』ではまさに記憶の中にしか存在しないであろうというくらいの、美しい景色に魅了された。残酷なほどにきらめく景色。山崎まさよしの「One more time, One more chance」が流れるラストシーンが印象深い。そして、結末をどう感じるか、これは「鬱《うつ》アニメ」だ、いやこれはハッピーエンドだ、そもそもなんで主人公は初恋を引きずっているのか、など、公開当時、地方の中学生だった私にも、ファンによるささやかなる論争のようなものは漏れ聞こえてきた。

本書は、２００７年5月から雑誌『ダ・ヴィンチ』に連載されていた、新海誠監督本人による『秒速5センチメートル』のノベライズ作品。新海誠の初小説作品だ。同年11月に単行本が出版され、２０１２年にはMF文庫ダ・ヴィンチで文庫本化。今回、2度目の文庫化だ。

文章によって、見られなかったあの「彼ら」の別の面が、鮮やかに浮かび上がる。

第一話「桜花抄」

無力な子供時代の記憶は、その無力さ故、責任から逃れることができる。大人になるとそうはいかない。目の前の相手、目の前の現実に、自らの責任をもって対峙《たいじ》する必要がある。少し早熟な少年であった貴樹は、同じように少しだけ周囲から浮いていた少女に出会った。転校を繰り返していた彼らにとって、人とのつながりは、突然、大人の都合で切れるもの。子供にとって、時間と距離は大人のそれよりも、長く、遠い。これからだというときに、また、大人の都合で引き離される。長野から東京へ、そして種子島へ。親の都合で流浪してきた貴樹が、唯一心を開けた相手が、明里だった。

どうしていつもこんなことになっちゃうんだ。

明里と別の中学に行くことになったとき、明里に会いに行く電車が止まったとき、更に明里から離れた九州に引っ越すことになったとき。そのときから貴樹の心に潜んでいた諦《あきら》め。明里との最後の思い出が美しかったからこそ、後ろを向くしかなくなってしまった。

第二話「コスモナウト」

長野から東京にやってきた転校生が、今度は東京から鹿児島にやってきた転校生になった。

好きな男の子をまっすぐに追いかける女の子、進路を考える最後の夏、花苗は貴樹を見ていた。種子島に住む少女から見た、高校生の貴樹は、まぶしい。彼女は貴樹を得られない。でも、彼女には海があった。貴樹には、それがなかったのだ。

第三話「秒速5センチメートル」

甘酸っぱい恋の思い出が、苦味に変わる。三人称で進む大人の貴樹たちの生活はお世辞にもまぶしいとは言えない。貴樹が自分で選んだ街は、東京だった。しかし、大学でも職場でも、恋人の隣でさえも、〈ほんとうの自分〉になれる場所にはならなかった。幼少期に染み付いてしまった諦念《ていねん》は、中々抜けない。必死に生きてきた、環境に馴染《なじ》んだ、その後の自由は、自由ではなく空洞と似たものにも感じる。ぽっかりと空いた心の穴を、恋愛で埋めるというのもよくあること。でも、明里が特別すぎたのだ。全てがぴったりとはまった初恋は奇蹟《きせき》のようなものだった。彼女から貰《もら》った承認は、とても特別なものだったけれど、大人になった今、効力を失っていた。

貴樹は、明里を守るナイトにはなれなかった。魔法を解く必要があった。最後――奇蹟によって、彼は前を向くことができた。その奇蹟はほんの小さな後押しに過ぎない。自分の力で前を向くのだ。大人にとって、距離と時間は、子供に比べて、短く、近い。

主人公の「僕」が、じぶんを探すとき、じぶんを取り戻すとき。恋愛やそれに近い関係、女性を世界とじぶんの媒体にする物語は多い。新海誠が影響を受けたという村上春樹作品にも、そんな女性たちが多く登場する。だが、この作品は、寓話《ぐうわ》ではない。映像も、そしてそれを思い起こされる本書の描写も、うまくいかない初恋も、くすんだ大人時代も、土台には、リアリティがある。その影のあるリアリティが、一見、まぶしすぎる小さな恋の物語に、大人を夢中にさせるのだろう。

（アイドル・書評家）

小説《しょうせつ》 秒速《びょうそく》5センチメートル

新海《しんかい》 誠《まこと》

平成28年 2月25日　初版発行
令和7年 5月15日　48版発行

発行者●山下直久

発行●株式会社KADOKAWA
〒102-8177　東京都千代田区富士見2-13-3
電話　0570-002-301（ナビダイヤル）

角川文庫 19610

印刷所●株式会社KADOKAWA
製本所●株式会社KADOKAWA

表紙画●和田三造

ISBN978-4-04-102616-8　C0193

本書は、2007年にメディアファクトリーより刊行された単行本を、文庫化したものです。　◆◇◇